Kyukyoku Qtarou

究極Q太郎詩集

散歩依存症

究極Q太郎

現 代 書 館

私が思うに詩は、この社会を覆って、くらませている誤解と偏見に一矢報
いる技術のようなものではないだろうか。
誤解と偏見により血を流しているひとに癒しをほどこす。
迷妄にふけっている社会には、
その社会から解かれる鍵をみせる。

「そして私は自分に言うのだ。
月はわが暗闇から昇るのだと」

マフムード・ダルウィーシュ

究極Q太郎詩集　散歩依存症

目次

にしこく挽歌

散歩依存症

ガザの上にも月はのぼる

写真・ドローイング＝究極Q太郎

究極Q太郎詩集　散歩依存症

にしこく挽歌

散歩頌　ウィスパー作戦

ずいぶん長いこと
働きかけてきたものだ。

控えめに、とは心配りながら。
単なる有利を
有無を言わさぬ権威とふるわないように
気をつけつつ。

すぐ靡《なび》く弱い葦とみれば
生きものをみみっちく擬人化した人間界の掟
「弱肉強食」という切り札を使って
いともたやすく（唖然とするほどテキメンに）あやつることも

それはできるだろうが

そうするとしばし都合がよくなるだけで
トータルがなさけない
しょうもないことになる。
（それもひとつの景色といえばそうだが）

というわけで囁きかけるように
重力がそう呼ばれているような「弱い力」で
呼びかけてきた。
「おのずから」が萌《きざ》すのを待つ。
なるべく気長に。
それが何年にも亘《わた》った。

けれどもそうすると
物事は易きにつくもので
ことさら変化をもとめないどころか

いっそう頑なに鎖《とざ》されていく。

そうしてそれはもはや
「弱い力」が及ばないどころか
梃子《てこ》でも動かせないデンとした逸物となってしまう。

君はその前で
へこたれていた。

働きかけることを
やめる。
動かそうとすることを
諦める。

どうにかしたいとあがく自分は、
かき消えたりはしないが、

そこからへだたることをする、離れることをする。
うみだす
分身。
そうしてそいつを動かす。

どうやって？

…散歩。

いましめのように足を縛る「居心地」から
足を抜き、まず歩き出せ。

至るところいましめだらけ、
そうして縛りつけられたひとたちがいる。
かれらによって
デンとした逸物たる
現実が高らかに掲げられている。

けれどもいくつもの現実があると知れば
もはや「ぬきさしならぬ」ひとつに押しつぶされたりはしない。

ひとつの現実ともうひとつの現実は
一見かかわりがないように見えるが
うすい隘路《あいろ》によってつながれている。

壁を自在に通り抜ける
透明人間のような、分身となって歩けば
君はかならずその隘路を渡るだろう。

そしてそういう路地をあちこち行き来すればするほど
…あるところでは重荷を課された主《あるじ》
…またあるところで軽石のような客分
…見知らぬひと
さらには朧な塵であることが

自分のなかで等分となって
そうして風そのものへと紛れていく。

梃子でも動かせないものは
如何ともしようがないだろう。
それが目の前に憚るならば
どうあがいてもその見つめる先へは
行かれない。

ふとした何かにかこつけて目をそらせ。
かなたへ向かえ。
現実から逃避するためではなく
現実を変える、ため。

分身が動くと

つられて線分が動く。
星が動いて
星座の形が歪む。

そのとき現実に罅《ひび》が入る。
それこそが、君の
手がかり、足がかり
支えともなる。

とりつくしまのないと思われた壁に
穿《うが》たれた抜け穴ともなろう。

そうやって何度も
潜り抜けていくさきには
兆しはじめていくものがある。

ふたたびまた
梃子でも動かせない現実に還るが
君はすでに風を身に纏っている。
また、囁きかけて
その風を吹きかけてやれ。

それを「ウィスパー作戦」と
呼んでみてもいい。

にしこく挽歌

雨の西国分寺駅。
乗り込んだ電車は
いつまでも
発車せず。
そのうち車内アナウンスがあり、
かくかくしかじかで
お客様にはたいへん
ご迷惑をおかけします
と告げる。
けれども乗客はみな、
すました顔で待っている。
膠着した状況はいずれ

ほどかれて進捗があるだろう…
そう、覗きこんだ手元の画面を
いじるせわしのない指先で
もて余された時間が
虫のように潰されていく。

私はそんな列から降りて
何かべつのことを待ちたいと思う。
君が待っていたような
『来たるべき蜂起』。
「色んな人に読んでもらいたいんで、
あの本はかならず返してくださいよ」
度たび念を押されながら
ついに返しそびれてしまったその本。
だが私が待てばよいのだ
題名が掲げたものを
君にかわり。

電車はまだ走り出す気配がない。
いずれにせよ私は
車両を離れ
ホームのベンチに腰を落ち着けてしまった。
小糠雨の空を
番《つが》いの燕が
からみあいながら舞う。

「この先、五年のあいだに
世界の史上最高気温が更新される確率は98%。
少なくとも一回、産業革命以前比1・5℃上昇にいたる確率は66%。」

「私たち人類が辿っているのは
カタストロフに突っ込んでいく軌道だ。」

君はTwitterを忌み嫌って

「無賃で情報労働を提供して
搾取されてるようなもんじゃん」
とくさしていいたっけ。
即効のいいねにやみつきの
踊らされている中毒者たち。
来たるべき時を
「まったり」と
（紙巻きタバコをまくときの君の手つきで）
待つことがなければ
よどみなく進んでいくだけの日々に
流されながら踊らされるだけだ。

私が Twitter を始めると
「このひとは Twitter ばっかやってるんですよ〜」と言って
ふざけたような蔑むようなまなざしをむけたが。
「人類は墜落か、軟着陸を選ばなければならない。」

しばらく前まで私は
携帯も持たずパソコンも持っていなかった。
あるとき、介護の仕事のコーディネーターに頼まれたので
仕方なくPHS《ピッチ》を持ったところ
長年連絡が絶えていた福島市の友人から
メールが届くようになった。
彼の前に「不動明王が顕現した」というのが
最初に届いた便りだったか。
以降やたらメールが届くようになり、
飛んでくるピンポン玉を打ち返すように返信しているうち
…多い日では一日四十四通のやりとり…
メールに文字を打ちこむ速度が
「女子高生並みに速」くなっていった。
そうして返事のついでに時おり詩を書いてみるようになった。
そんないとなみは私に
長年廃れた習慣となっていたのだが。

それは本を読む癖さえなくしていた長い間だったが、
そのかん仕事に行くついでに
駅のキオスクで買って読み続けていたのが
英字新聞で
そこにはいつも大概なことが書かれてはいたが
最近
ひときわ不穏な文字を読むようになった。

'Apocalypse Now'

新聞に書いてあることを
周囲に言っても
誰も耳を貸さない。
私が様々な習慣をなくしていた
短くない時間は
じつはカサンドラ症候群にいたのだったが、
よくよく耳を傾けられない

その、トロイの王女の境遇に見舞われるものだ。
メールを送りつけてくる
福島市の友人にしてからが
それより彼が書いて
いま文学賞に応募しているという
小説をどう思うか、という。

ふとしたことをきっかけに
Twitter に目をつけた。
メッセージを瓶にいれて
そこへ、海へと放つように。
それはどこかへつくともわからない
（大海中の盲亀、浮木に会うが如く）
徒労に近い
かぎりなく些細なふるまいだ。
だが、エピクロスは言わなかったか？
真空落下する原子に

どこでも、いつでも、どうにでも生ずる
無限小の（あるかないかの）偏向クリナーメンが
原子の軌道をかえ
それによって出来事が生み出されるのだと。

「気候危機を回避する機会の窓は急速にとざされつつある。」

三年前、君が癌と診断されて
にもかかわらず、外科手術を受けないと決めたと
聞かされた時、
むかし読んだ、ヘミングウェイの短編小説『殺し屋』のあらすじを思い浮かべた。
殺し屋がくると知らされても
逃げようとしないボクサー。
「なるべく、避けたい」
という君の及び腰流で
動かないで動くという

逃げかたで
だが、本当は
踊らされるのではなく
踊りながら歩いていたのだろう。
ずうっと前から
君は、そんなふうな
佇まいのひとだったから。

福島市の友人が
君に電話をかけて、私に対してと同じように
かれの小説の評価を訊《き》いた時
「そんなことはどうでもいいんだよ！
俺は癌て言われたんだよ！」
と言ったと聞いた。
だが、いまは人類全体が
そこへ向かっているようなものだ。
命あっての物種ぇ

私がしつこく言っているうち
君は自分なりにこの問題に注意するようになって
やがてこう言った。
「ラジオでも同じことを言ってる。
もっとそれをひとに伝えたほうがいい。
Twitter じゃなくて…」。

小糠雨がふる西国分寺駅の空は
暗いが
この先の気候のカオスに比べれば
明るいのだ。
電車はいまだ出発しない。
私はホームのベンチに腰を落ち着けたまま
機械がたてる鳴動を聞きながら
ひとつの空想を始める。

それは、あらかじめつけられた
軌道へ進むことにあらがい、
よどみなくことが進むことのみ
予期している乗客たちを裏切って
サボタージュをおこなっている
あの、ニーチェの馬のような電車なのだ、と。

発狂した哲学者が、
泣きながらその首に飛びついたと言われている、
馭者に鞭うたれながら
動こうとしなかった馬。

ストーンとstoneとboneと骨になれ

舌で氷を溶かすように
灰をからだにみなぎらせ
ただそれに浸ればいい。

悲しみがきみのからだを髄から
そんな結晶にかえるまで。

疼く痛みをおびた
なにものにも変えられない
それは、値のない宝石。

笑ってごまかすことはできない

ひきつってよじれたその姿を。

ガラーンと no guard
ポカーンと vacant

へたな免疫をあてにするない。

だれにもかばわれずに
悲しいときには
くらまされずに痛め

ただただそれに
浸ればいい

ストーンと stone し
bone と骨になれ

究極Q太郎詩集　散歩依存症

散歩依存症

拍

とぼっ
とぼっ
という拍に
ようやく辿り着く

なだらかな坂を
前のめりに
登っていく
その拍で。

間尺が合わず
やるせなくもがいて

暮れていく一日。
そうやって擦り切れたわたしの心を
ねぎらってくれる
足取り。

散歩

歩く
すると
どこかへ
行く。

ひとりで行くと
道に迷っても
誰に気兼ねしなくてすむし
おんなじところを
堂々巡りさせる狢《むじな》の魂胆さえ
べろんと尻尾が出てる愉快な思いつきとおかしい。

散歩は
いつまでも道の上にあること
たどり着かないことが
楽しいのだから。

鳥や虫が閃き
草が被う樹が佇む
ひとの営みがあり
神はなくとも空はある。

紅海が割れていくように
悦ばしい風景が
ひらけていく。

童話

まじないから解かれてみると
世界はきっと美しい
だろう。
ひつじ雲の眩しさ。
競い飛ぶ鳥。
家のまわりの雑草。

ゆだねられた荷をかこつ心もなく
アメーバのように
伸び上がりながら歩く。

まじないから解かれてみると

きみの詩はきっと美しい
だろう。
つたなさを気にかけない。
牛蒡《ごぼう》のしなう　つよい足を持つだろう。

おののきながら眼差し、
聴き、感じ、はずませる。
くびきからとかれて
噴き出す。

まじないから解かれてみると
愛するものはそばにあるだろう。
投げ出したまま
埃が積むにまかせたものを
いぶかしく取り上げる。

ずいぶん長いあいだ

忘れていた
喜び。

蜻蛉《あきづ》の散歩*

翔んできて止まり
またつぅと滑り
止まる。
そしてまたつぅ。
蜻蛉《とんぼ》のように
歩いてきて止まり、書き、また歩き出し、止まり
また書き出す。
そうやって一日を掛けることを
「散歩」と称している。
娑婆に発《た》ったばかりのひとのように
すべてを新しく感じる。
地図も持たず、気まぐれに道をたどって

たまたま出遭うひとやいきものやものごと。
それを一筆描きへ統《す》べていく。
異なる世界を繋げていく。

袋小路と見えてひそかな抜け道。
大通りをふいっと
そそのかされるように逸れた。
その道は狭く
古びたアパートに突き当たって
尽きているように見えた。
そこまで行くと
脇に回りこんで下に降りる階段が隠されていた。
その先がさらにあやしく
ごちゃごちゃした家並《やな》みに巻き取られて
渦の目とふっつり途絶えてしまうかに思われた。
するとまた階段が現れる。
そこからはようやく

向こう側が見えた。
家同士のせめぐ隙間から
ひとや車の往来が見えた。

そうやって一日を掛けると
歩き疲れてのぼせる。
日が暮れていく。
伴いながら移ろっていく。
日がのぼせ
私のからだが暮れていく。
私は風景になり
風景は私になる。

*——「あきづ」は蜻蛉の古語。私が住んでいた東村山市秋津町の由来。

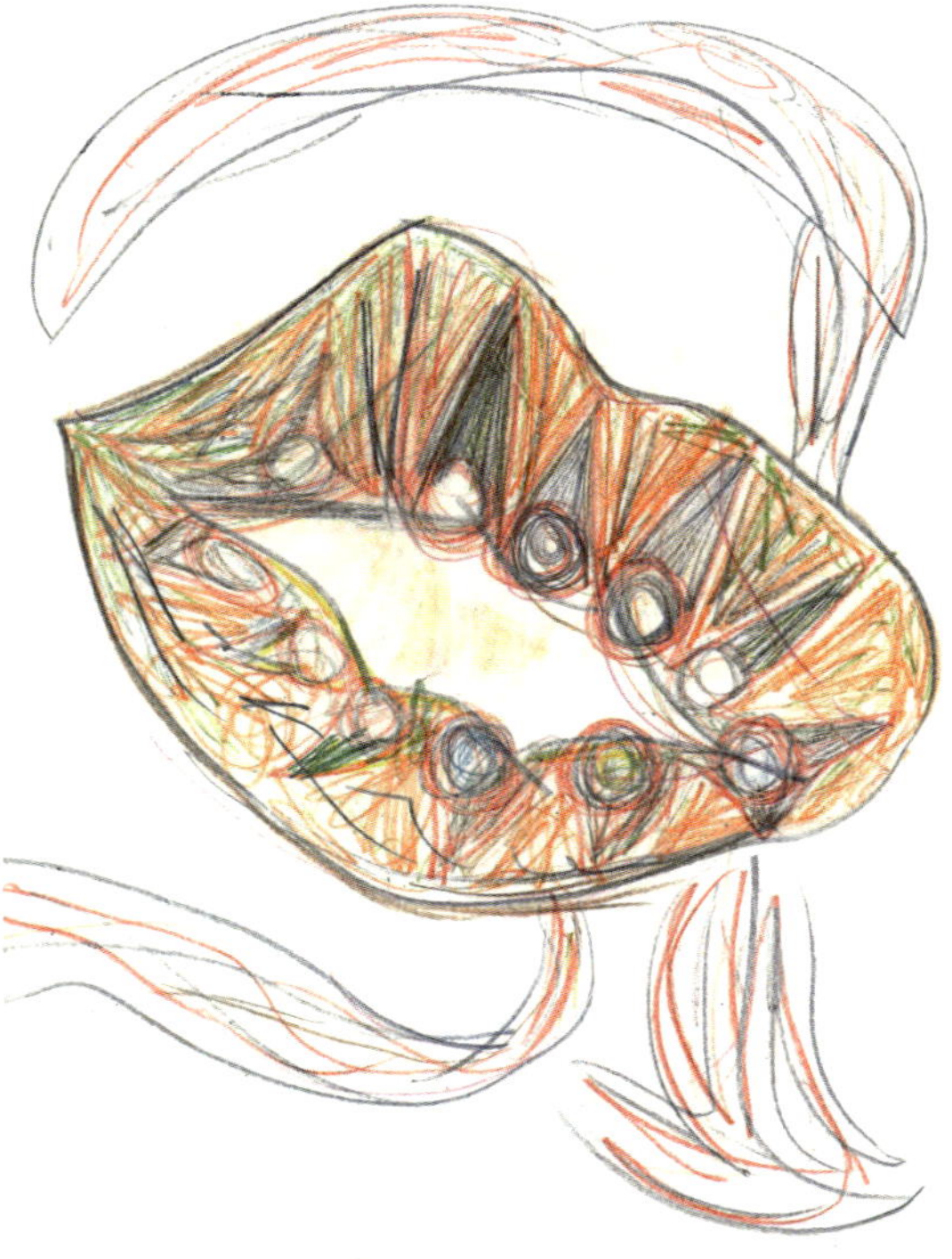

散歩依存症

N君が煙草を吸うたび
例えば「13：20煙草」とそのつど介護日誌に記すのは、
そうやってあえてすることが
一時間に一本という約束の示しをつけてみせるから。
そもそもはチェインスモーカーだった彼。
やめられないとまらない
何かに打ち込んでいるとき以外は、
ひっきりなしだった。
今年の初め、肺炎になって
入院して懲りた
というよりも
医者に

煙草の数を減らすように言われた。
そうして一時間に一本と
約束をさせられた。
それを守っているのだが、
以前のニコチン中毒ぶりを知るものからすれば
はなはだ信じがたいまでの順守ぶりである。
これを私は、こだわり行動のシフトとみてとった。
こだわり自体が消えたわけではない。
それが以前の「切れ目なく」から
「一時間に一本」へと移っただけなのだ。
そうして私が介護日誌に書き付けて
そのつど念を押す、知らしめる、自縛を促す。
彼はそうせざるをえないようにそうする。
これは使えるな、と思った。

三月、鼻の付け根から眉根にかけて
つぶつぶの湿疹ができたのでいじっていたら

腫れて爛《ただ》れて膿が出た。
皮膚科に行くとかぶれたようだという
軟膏と服用の抗生物質を処方された。
そうして医者にすげなく言われた。
不眠と飲酒は治癒に厳禁。
週に一度の泊まり介護は、
夜間に三回ほど尿パッドを換えなければならない。
寝て、目覚ましをかけて、起きて、また寝る。
他の介護者がするようにすればいいのだが、
私は眠剤を服《の》まなければ寝つけない、逆に、服むと
たぶん起きられないので
一晩中起きていた。
夜勤明けのあくる日も眠気がおのずと訪れたりはしないため
夜を待ってようやく眠剤を飲んで寝るまで
ずうっと起きていた。
こういう生活が三年ほど続いていた。
また無聊《ぶりょう》を憂《う》さを酒に紛らせてもいた。

仕事が終わると速攻で
酒を買いにはしるか飲める店に入る。
休日は終日。身体に気遣いする余裕もなく、
気がひとかたに荒んでいく。
この袋小路は水も漏らさぬようだった。
そうしてどん詰まりに頭を打ちながら
やがて潰《つい》えさる日を待つのだ。

泊まり介護のことをコーディネーターに頼んで
夜勤から外してもらった。
こちらには医者の「不眠厳禁」というお墨付きがあるのだが、
どことなく不服そうに
けれども受け入れてくれた。
それから彼に時々会うとき、辻褄をあわせるべく
「お酒も厳禁」と言われたのでやめた、というと
「そう簡単にやめられたのだからアル中じゃなかったんですね」と
あっさりされる。

治ったのなら夜勤に復帰を、という底意があるから
こちらも有無を言わさぬ「不可逆」を示さなければならない。
「お酒を飲まなくなって、散歩にはまった。
アルコールの依存を散歩依存に宗旨がえした。
N君がこだわり行動をシフトさせたのを真似した」。
ひとにはそう言いふらしているが
これは本当は
自分に暗示をかけているのである。

冥《くら》い日

七月四日、午前中介護職場の同僚Oさんが事務所に設けたDVDライブラリーよりジャン・コクトーの映画『オルフェの遺言』を借りて見る。その後石神井《しやくじい》公園に行く。石神井池、三法寺池、氷川神社の裏の林間を歩いて、上石神井駅まで。風が強く不穏な、晴れたり雨が降ったりの一日。以下の詩はその途次に書いたものを後に少し直した。秋津駅に着いてドトールコーヒーで清原工の『吹雪と細雨　北條民雄・いのちの旅』を読む。二日後、麻原彰晃以下七人死刑執行のニュース。

一

笹の枯れた
細い茎をしならせ

むすばれた、色とりどりの葉っぱが
風に煽られてなびく。
ねがいごとを書いた
七夕祭りの短冊が
いきおいよくめくれあがる。
池の葦が大きく揺れ
水面の波紋がつよい雨に叩かれたように
せわしい。
私は
池のほとりの
藤棚の木陰のベンチで
やけつく陽ざしが
翳るのを待っている。
そういう時間のつれづれなるままにある。
短冊がむしりとられて飛んでいく。
瞬間、大きく吹くとき、
私の願い、想いも

風がむしって飛んでいくのだ。
鳩どもが閃いては地に舞い伏せ
蝶がよたよた拙くとぶ。
風が千切った、うす黄色の短冊を
また吹き飛ばされる前に
拾い上げる。
「ばあれ　じょうずになるように　はるか」。

二

チベットの色とりどりの
吹流しに似ている。
強風に煽られる七夕祭りの短冊。
子供のころ、テレビか写真集で見た
印象を今、目の前にしているのは、
まさかの転生者＝私
だからだろうか？

また短冊が吹き飛ばされてくる。
今度は蛍光色のもの。
ベンチの脚に引っかかったそれを
拾ってそばの売店の店員に渡すとき
さっと読む。なんという頑是《がんぜ》ないねがい。
「きせきがおこりますように」。

三

やがて遠くから
さかんな生を見ている。
舞い込む葉っぱが
バッタのように跳ねた。

蜘蛛の網の底に
かすかにうずくまる。
琥珀のなかの八本肢

待つうちに尽き絶えてしまう
だろ？

甲羅に守られて
ひとの歯が立たない　生。
かえりみられないことよりも
誤解にしばられたままでいるほうがくるしいが
それがじっさいあなたというものだ。

高い櫓《やぐら》がぐらぐら揺れる。
そうしてそれは根方にも響こう。
カラスがやかましく鳴き交わし
蟻がからだを這いめぐり
雀蜂がうかがいにくる。
風に、水際《みぎわ》に打ち上げられて
ふらふらとあやしい足取りで来た。

ともあれ
歩こう。
居つくとそこは
かくりよ

四

砂のように時が
蟻地獄にのまれて落ちていくので
なくなるはしから足をとられながら
有刺鉄線を命綱とつかむ。
ころものように吹き払われた影が
きっと君のかわりに空を飛ぶのだろう。
あじけない存在が沈むかたわら。
陽光が雨雲にかすんでつくる
むし暑い靄のヴェールを通りぬければ
怯えたり、何かに晦《くら》まされていると思うのは

浅はかな勘違いで
なにひとつ普段見慣れたものと変わらない。
時折ふく雨風、それは瞬間ささくれだち
いばらの藪にも思え
またすぐ止んでとらえどころのない
くらいばかりの印象を残すだろう。
しかたがない今日という日は
もやいをとかれたふらふら舟なのだから
腰をおろすベンチも
そういうものと心得よ。
深淵をのぞきこむものは
自分自身が深淵にならないように。
けれどもそれをこういうイメージで思わず
「思いもよらないひろがりに満たされた」と思えば
心もとない板敷きも軽く浮かぼう。
煽る風に飛ばされてきて
まとわりつくめざわりのようなものが

そのじつきみのもとへ舞い込んできた
明かりとなるかもしれない
そのはかなさをいうあのお話とはあべこべに
堪《こら》えうるものとなるかもしれない。
けれどもなんと冥い日だろう。
なんとしても足掻いて這い上がらなければ
ずるずるずるずるひきずり呑まれていくよう。
それでもそれは
気が滅入ることが
ひとしお良くないことであるかに思わせるという陥穽ではないか?
日は意味深い。
そう簡単にこうと決めてかかるのを止せば
ぽっかりと口をあけたところへ
落ちるのではなくて抜ける日もあろう。

少女A

あれは雲雀《ひばり》というやつではないだろうか？
空中高く止まって
ミンミン蟬のように鳴いている。
秋津の我が家の周りには見ないが
歩いてきたそこ、清瀬の畑の空にいた。
背後の豊かな、武蔵野かくやの雑木林は
ほんとうは米軍の通信施設をかくまっていて
囲まれた柵にそんな看板が下げてあった。
休みの日、いつも地図を見ない
勘頼みで歩く「散歩」と称しているもの。
いつもは電車を使って
目星をつけたスタート地点におもむくのだが、

今日は家から歩いて
新座《にいざ》にある平林寺という
有名な禅寺を目指すことにした。
その途中、清瀬と新座のさかいに差し掛かったあたり。
例年、そこでもよおされている
十万本のひまわり畑なるもの
数年前に一度参観しに来たことがあるから
もう道がわかるとひとり決めして
通り抜けてあちらに行く道を当て込んできたのだ。
ところが、こういう行き止まりで
大きな迂回をよぎなくされた。
そうしてひまわり畑は
会場が変わったのか
七月の頭だというのに草地であった。
その空に雲雀。

うす曇りだが

むし暑い
昼下がりに
ただただ歩いて
平林寺という
新座の禅寺に
行ってみよう「散歩」を
思いついた。

野火止用水に沿って走る
水道道路という道に出れば早いのだが、
あたら風景を堪能したいと思って
裏通りに入ったばかりに
結局何層にもわたる
袋小路に阻まれて
ぐるぐるぐるぐる。

やがて水道道路に出た。

その道を南から北東へと向かう。
そうすると道の向かって左手が埼玉県新座。
右手が途中まで東京都東久留米である。
舗道がある右手を歩いていると
街のスピーカーフォンが訴える
こんな言葉が耳に飛び込んできた。
「十二歳の女の子が、午前十一時から迷子になっています。
白いTシャツに青いズボン、黒いサンダルを履いています。
身長は百六十五センチです。見かけた方は新座警察署まで
ご連絡ください」。

もしこれが事件になるようであれば、と
歩きながら思う。
私は犯人につながる不審者ときな臭く思われるかもしれない。
平日昼下がりに住宅街をうろつく姿を見ていたひとに
どう思われるか知らない。
茶色のポロシャツに茶色のズボン

黒いバスケットシューズを履いた、身長百七十センチほど
年のころ五十ぐらいの男性を見ました。
普段このあたりでは見かけたことがない変なやろうだった。

身長百六十五センチの迷子とはちと妙だと思う。
迷子というより、
なにがしかの屈託を抱えて
みずから家を飛びだしたのではないか?
十二にもなれば
自分なりなにかをもてあまして
如何にかせん、としようとしたのではないか。
居なくなった女の子は、そんな
清瀬産の中森明菜が歌う主人公のような
少女ではないだろうか、想像がとぶ。

そうして私も
休みの日「散歩」と称するものに打ち込んでむやみだが、

それもこれもなにかをもてあましているから、と言えよう。
けれども客観的には、年齢に相応して
周囲から「もてあまされている」中年Aなのである。

白いムクゲの花が咲き
立葵が赤い大輪を掲げ
百日紅《サルスベリ》が桃色の花を
咲きあふれさせていた。
うす曇りの空の
西のほうに山並みが透けて
そこから明るい絹の糸が
わきあがってくるようだった。

無人の宴

にぎやかな輪からつうっと離れて
ひと気のしないい道へ向かう。
長い日もようやく暮れる、午後七時にさしかかる、
国分寺駅の北なる
住宅街を貫いて
遠くまで伸びていく真っ直ぐな道。
遠近法の消失点の手前に
人かげとおぼしき二つ。
間に腕なのか、
夕焼け色の線がひとすじ架け渡されている。
だんだん、二つのおぼろな影が
ちらちらと動く、ひとの、仕種からお婆さんたちだろう姿をとりだし

手と見えたものが、ずうっと奥の
二つの脚を持った、進入禁止の鉄柵と識別される。
その話し声は届かない。交差路を右へ逸れる。

さびしい道が続く。
すれ違うひとがいない。
時刻のせいだろうか。
息をとめて潜る水のなかのようだ。
うち続く似たような家並《やな》み。
ページをめくるたび、畳みこまれた紙細工が
飛び出す絵本のように
はらはらと開かれては
閉じるを繰り返す。
次第に影が濃くなる。
小平駅の霊園のそばだ。
滅法に破れ赤い唐紙《からかみ》がかろうじて枠にこびりついた提灯が下がる
小さな居酒屋の入り口があいている。

隙間のようなところから覗くと
黒い背広の背中が
椅子の頂に二羽、
黙って止まっている。
通り過ぎていく一瞥のながいながいあの世。
看板に銘打たれた「新生」。

青梅街道を渡ると
ポケットのなかで蠢く。
便りが届いたということだ。
そこはまた細い路地で
もうすっかり暗い。
やはり人はいない。
空き地なのか畑なのか分からない
拡がりの向こうに
電飾で飾られた遊覧船のような建物。
営みという

祈りのために
荘厳《そうごん》された場所。

イトーヨーカドーの一角。
卓や椅子が無造作にならべられているところに招かれていく。
無人の宴に。
さっき蠢いていたものを取り出し、
蓋を開いて明るくする。
光の上に文字をならべていく。

世界にたった一人いるとせよ、さすれば、義務のみがある。
(シモーヌ・ヴェイユ*)

空堀《からほり》川へ出る。
すぐそこに、亡くなったMさんがいたアパート。
まだあるだろう。もう見知らぬひとがいるだろうか。

夜十時に仕事が終わると
自転車でさっそうと駆けて帰った。
我が家とそう思うところへ。
今日もそうしている。
今夜はとりわけ項垂《うなだ》れた街灯たちだ。
蛾が一匹よたよたとまとわりつくのみ。
夏だというのに虫もいない。

やがて行く手の空が閃く。

幻燈のように
雲の影が炙りだされる。

「イリュミナシオン」

アルチュール・ランボーの詩集の題が由来する雲の光だ。


*――『月刊　創』（二〇一八年八月号）に掲載されていた最首悟の文章より。二〇一六年七月二十六日に神奈川県相模市津久井のやまゆり園において起きた障害者殺傷事件の加害者植松聖に伝えたい言葉であるそう。

穴

ありあわせのものでまかない
工夫を凝らし
今いる者で企て
それぞればらばらな思惑を
ひとつ舟に積んで
すすめる。
なに食わぬ顔で
大胆な
槌音《つちおと》を響かせ
一気に抜け穴をつらぬく。
急所を越える。
床に見まがう蓋をして

たいそう退屈している日々に紛れる。
夜に再び始める。
穴に降りて黙々と先へすすむ。
難関をひょいっとかわす。
ただそれだけ。
ようははかを稼ぐ。
ひとにひけらかす見事な行為はない。
時間がくれば
上にあがり
たいそう退屈している日々に紛れる。
また夜に始める。
黙々と先へすすむ。
時間が来るまで
はかを稼ぐ。

――ジャック・ベッケルの遺作となった『穴』という映画を見た。一九六〇年のフランス映画。
監獄の部屋から塀の外へ抜けられる道を貫こうと
ただそれだけに打ち込む男たち。
その大胆不敵な企てにいそしむかれらの姿のなんという、こともなげなことか。

理解

待っていた人は
思い描いた姿ではなかった。
そうして別の話をして去った
後、連絡が絶えた。

彼は、もうそこにはいなかった。
変節と
言われようが、なんと言われようが
彼は先へと進んでいた。
時間によって
おのずから運ばれていたとも言える。

ひとの目には映らなくても
それは空白ではないのだ。
北村太郎が言うとおり[*1]。
ひとが理解する風景の下を
ひたすら潜り続けて
待たれたところと違うところに現れた。

みすぼらしくやつれて
ひとの目におかまいなしの彼は
何も待ってはいなかった。

フランケンシュタインのように
無慈悲だと思われようが
フランケンシュタインのように
その見た目からかけ離れたものを思う。

誰が理解するだろう。

既に馴染んだものにあらためてまた馴染むことを
「理解する」とひとがそう呼ぶあいだは。

——理解は、
けしかけられて、突き動かされる者のもとにある運動。
アルチュール・ランボーのあの叱咤激励
「知ろうではないか…」[*2]

＊1——『空白はあったか』（北村太郎、一九四七年）
＊2——『天才』アルチュール・ランボー

番組

持ち上げてしばらくして損なう。
そのサイクルが次第に早まって
しばらくがすぐに
すぐがたちまちに
たちまちが瞬時に、となる。
持ち上げられると同時に、となる。
それを出オチというらしい。
出たつかのまに潰《つい》えさる。

なぜそうなのかというと
「今が旬」だからだ。
ひとは旬が過ぎた、とうのたったものと付き合って間の悪い思いをしたくないのだ。
ようは恥をかきたくはないのだ。
いっとき前にブレイクした一発芸のネタは
覚えているだけでも屈辱なのだ。

なぜそうなのかというと
暦が代謝となり
ハレとケが躁と鬱となり
世界が感性となった
ということではないか?
善きにはからえと
まかされるおもねられるとき
まるで宝石のように人目を引くあてがい扶持だ。
けれどもそれはドッキリのようにも見える。
飽きるより先に疑いが来る。
この有頂天は
私にバツの悪い思いをさせる罠だと

澄ましているひとの顔をうかがう。

そうして
さっと翻る。
持ち上げていたものの梯子をはずす。
落として損ない、貶める。
出し抜かれる前にするその廃棄は
潔いと言われる。

資本主義神経症の祭祀。

浮くこと

あお向けに水面に滑る。
浮くことのたのしさ。

てのひらをゆらゆらさせてはばたく。
足掻きはしない、ふたつの脚をひとつ尾のようにまとめて
ただ手をかくだけ
そうやってすいいっすいいっと進む。

彼はすぐ厭《あ》き、もう出たいようという。
さあ歩こうとうながす私。
しばらくして、俺もう出るよ、という彼。
まだもう少しとなだめる私。

水中歩行という、糖尿悪化を防ぐ運動が
主治医によって課されていた。
私の仕事は介護者としてそれを遂行する。
面白くなくやる気のない彼を
ごまかすようにまっとうさせる。

こういう彼と私のやりとりが
そのつどお決まりのくりかえしとして何年にもわたって交わされた後で
ある日、うんざりし
(もういいのさ)ふと浮いてみた。

ずいぶん長いあいだ
くだくだと足掻いていたものだ。
そうしなければ
沈む
と
思い込んできた。

そうして忘れてた
喜び。

逸材

車椅子を押していくと
目の前の行く道に立ちふさがって
とうとつに話しかけてくるおじさん。
手にはすぐそこにある
コンビニの袋を提《さ》げて
前歯が欠けている。
「この人は凄いんだよ」と
私に向かって太鼓判を押す。
「この人」は、私が介護しているT君。
「おれは見抜く目を持っているの。いつも真剣勝負なの」。
S学会七十年。つまり、とぎすまされた感覚をそなえている。
鳶の仕事に刑務所を出たやつが来ることがあるけれど、

おれがそいつを信じるとやりこなすの。

「ひとを見る目があるということですね」

私が言うと、

「そうだよ。このひとは凄いんだよ」。

「いやいやいや」と謙遜するT君。

「いやいやいやがみそなんだよ」。

山下清、パラリンピックと、障害者の見事な例を讃える。

「年をとるともう分かっちゃうの」。

「亀の甲より年の功と言いますものね」。

「そうなんだよ」。


「頑張れよ、大将！」

別れ際、背後からまたなの代わりに。


「他の介護者に『知り合い？』って驚かれる。

絡まれているように見えるらしい」とT君。

「あのひとはかくじつに逸材だよ」と私。

「大泉学園の天使みたいな存在。
このまちでは時折あぁいうひとに会う。
尊重したほうがいいよ」。

私には彼がそうとすぐに分かった。
こちらにも
年の功だけは備わっている、と
思えるから。

n o b o d y k n o w s y o u

行政用語で「行動援護」。
そういう付き添い介護で
毎日曜日
N君とつるむ。
近所にHARD OFFという
リサイクルショップがあり、
出かける先はいつも
そこかむかいのヨーカドー。
彼は千五百円の小遣いで
自分に「お土産」と呼ぶものを買いに行く。
使えるだけを全て充てて
昼食代をかえりみない。

目当てはぬいぐるみやヒーローの人形、
置物など。蛙グッズがあればかならず。
これまで手に入れた獲物、大小さまざまを
じゃらじゃら
千成瓢箪のように身に結びつけて、頭には、
ぽんと、ふたつクリクリまなこが飛び出した黄緑のフード。
風貌もおのずと
化けガエルに仕上がっている。
京都の和束《わづか》というところで秋にある祭が
土地の名にかけての「かわづ」なのか
蛙をモチーフにしたもの。
蛙人間コンテストがプログラムにある。
N君にかなうひとはいないんじゃない?
けれども
遠い
から
行けない。

電車に乗っていくあいだ
タバコ我慢できない。
ついでにYさんのお土産を買う。
Yさんは彼女の介護者とどこかへお出かけ。
行き先にいつもショッピングが組み込まれている。
彼らは帰宅した後、儀礼のように
「お土産」と呼ぶ贈与を交換し合う。
そういう彼らは
夫婦とも呼ばれている。

N君がぬいぐるみコーナーの前に
しゃがみこみ
あれこれと選り好みをしている
あいだが長いので
私はCDコーナーにて徒に待つ。
一枚を引っ張り出す。
オーティス・レディングか。

収録曲を読む。
そのなかのひとつに
「Nobody Knows You」とあった。

気にとめるものはいない。
澱みのない
流れ
あたりさわりのない日常というういとなみのなかに誰も彼もあるのだ。
そうして知られざる日々。
「N君がいうとおり、ほんとうに霊能力を使って
地球に落ちてきた隕石を砕き、
人類を滅亡の縁から救ったヒーローだとしても、
ほら、デビルマンしかり。
ヒーローは正体を知られないでしょ。
だからそのことは誰も知らない」。
もし、天使のようなものがあるとしたら
やっぱり見かけにくらまされて

誰にも気づかれないだろう。
他愛のないもののなかに紛れているだろう。
あらためて見たら
そこには何もないだろう。

美しきもの見しひとは

一

踏み切りの真ん中に
たたずむお婆さんがいる。
誰も声をかけないので
私が馳せつける。

途方にくれた
「恍惚の人」。

近づいてみると
遠目にただお婆さんと見えた人の顔は

思いのほか若く
可愛らしい。

うっとりと
晴れた空のどこかを
見つめている。

こんな野暮はせずに
すんだはずだ。
　彼女は
　美しいものを
　見ている。
だから邪魔立てしないで
通りすぎたまでだ。

そこが踏み切りの
真ん中でなければ。

「危ないよ」と声をかけても
うっとりととろけた目つき。
手をかけて
気づけ　させようとした瞬間
「やめろ！」と怒鳴って
きっと睨みつけた。
そして肩を震わせながら
去っていった。
踏み切りは鳴らない。
いつまでも。

二

臨死体験をして
そのさい美しいなにかを

見たり聞いたりしたひとが
とりつかれてしまい
その執心が理解できない
周囲や社会とのあいだに
溝ができて
甚だしきは
生活が立ち行かなくなる
ということが
あるらしい。
一心不乱に鍵盤を叩いて
あのとき聴いた音楽を
奏でてみようとするひと。
そのひとはこれまで
ピアノに触れたことさえ
なかったのだ。

三

宮沢賢治も
身内や町のひとにとって
そういう
持て余し者で
あったようだ。

最大接近

あやしい赤い光が
行く手に煌いている。
歩いていくと動くので
てっきり地上から飛んできた飛行体だと思う。
それほどの鮮やかさ。
たち停まると止まったまま。
見つめると放射状の
ささらの筋さえあるようだ。
真夜中の帰り道。
こないだ帰りが八時過ぎだった晩、
そこでまばゆい満月を見た。
いま月はかき消えてかわりにあかい輝き。

さっき介護のさなか
利用者N君が見た夢の占いを検索させられた。
「黒い蜘蛛の目がきらっと光る夢の意味を訊《き》いてくれ」。
占いに凝って課金サイトにアクセスしすぎ
少ない小遣いを湯水のようにつぎ込んでいた彼。
それもひとつ、さまざまな要因で携帯を持てなくされている。
だがふたりに一台あれば用はすむ。
とはいえインターネットにうかがいを立てれば
なんでも答えが導き出される
そういうものだと思い
その通りにならなければ
いたらぬはデジタルに疎いあなたの調べ方で
あるいは彼にまといつく霊障が邪魔すると
飛躍した言いがかりをいいと始末がわるい。
腹立ちまぎれに物にあたって譲らない。
おぼつかないまま検索のふるいをかけると
色違いの蜘蛛の夢の吉凶について教えてくれるサイトがあった。

おおむね不吉だということのようだが
そのうえ黒はいっそう。
夢でまで呪われる蜘蛛をちと気の毒に思う。
「目が光る蜘蛛のことは
どこにも書いてない。
そんな夢を見るかわりものはN君ぐらいなんだよ」。
納得しない彼。
ぐずの見習いには使いこなせない道具を寄越せとばかり
私から携帯を取り上げ
自分で調べ始める。

「蜘蛛」とN君。

「最近よく見るんだ。畑をやっていると見るんだよ」。

「おれもよく見るよ。ほら」と手に乗せる。

「花蜘蛛だよ。刺したりはしない」。


あの星は火星だ。

いつもより輝いて見えるのは、
地球に近い軌道にあるからだろ。
まがまがしいあかさと
そう思い込むのはひとのあさはかさで
ほんとうはあの満月にも
おとらず明るく
閃く宝石なのだ。

そうしてそのことは
インターネットにはない
ことである。

あの日

木造家屋の屋根や壁、窓をざんざん叩き
ぎしぎし言わせた雨風が弱まって静かになった。
関東を直撃した台風は通り過ぎていったようだ。
知り合いのHさんがボーカル兼ギターするバンドのライブが
夕方から高円寺の青梅街道沿いの店で始まる、
それに間に合うように雨が上がった。
と同時に、中野駅南口マルイ裏の
住宅街にあるアパートを出発。
Hさんは私より十ぐらい年上の人で
ロン毛に丸眼鏡。
ジョン・レノンに似ている、だろ、と言う。
「最近どうすか？」という挨拶に

「最低です」と毎度返してくるひと。
映画や音楽の趣味があうので
互いのアパートを行き来して
そんな話をしあう仲の人である。

歩いて行く道で見上げる台風一過の空には、
風に吹きなびく雲が朱色に染まって飛んで行く。
飛び出した腸《はらわた》のようにうねって黒い大きなしろものが
長くひとふさ憚っている。
それがなんとも血腥《ちなまぐさ》く思われる。
やがて西の空が開けて鴇《とき》色に染まる。
さらにその奥に金色の耀く。

ライブの後
友人のK氏とともに
高円寺の居酒屋に、打ち上げに誘われる。
私の隣に

Hさんが属する業界の有名な女優が座る。
Hさんはその頃、スカトロAV男優などということもしていた。
MKさんというその女性は、
そういうニッチをもすべて呑み込んだ
業界全体の看板娘。
お隣なので何気なく喋っていると
Hさんが怒りだし「お前はもう帰れ！」と言う。
VIPである彼女に
馬の骨である私が
遠慮もせずに口をきいていた
ということがかんにさわったのだろうか。
百年早いと
追い返される。
K氏が付き合ってくれて
中野までの路地裏を歩いて帰った。
帰宅して慣性のようにテレビをつける。
夜のニュース番組がやっているが

ただならぬ事態だ、を繰り返している。
そうして幾たびもリピートされる光景。
つい先TSUTAYAから借りて見た
『ファイト・クラブ』のラストに似たそのシーン。
するとK氏から電話がかかってきた。

……

日曜日のこと。
私が介護をしているN君が
かつて入所していた目黒区にある施設の
元職員Tさんに
西武池袋線東久留米駅西口の
ドトールまできてもらい、駄弁りあう。
Tさんが職員をしていたのは

ふた昔は前とのことで
それも一時的。
N君は八年前にその施設を離れ、
介護者をつけた自立生活をしている。
N君がTさんを慕い
Tさんが応じてくれて
行き交いが途絶えてもおかしくない繋がりが続いている。
Tさんの住まいは江戸川区で
一時間以上をかけて電車を乗り継いできてくれる。
他愛のないことを駄弁って、
そして別れる。

東久留米の街並みに
昔ながらの商店街が残り、
大方おばあちゃんが店を開けている。
客はなくても、そうやってあることによって
さまざまなことが保たれている、そのために。

N君はそういう店あちこちに
ひょっこり入って行ってなついている、野良猫のように。
それを私は「ここらのおばちゃんたち束ねているね」と
誉めてあげる。

Tさんを駅で見送っての帰り道
そういううちのひとつの手芸品屋のある道を辿る。
「多分俺のこと待っているだろう」といつもの小さな豪語をふかすが
本当に店の前に待つように立っている。
「雨がふらないから弱っちゃって」。
発砲スチロールの箱をプランター代わりに
植えて育てている紫陽花の葉っぱが萎《しな》びている。
N君がさっき買ったばかりのペットボトルの水をかけてあげる。
それは彼の「親切する俺」をひけらかすパフォーマンスであるが
そういうところがおばちゃんたちに「可愛げ」と映るようだ。
「いいのよ。これからバケツで水をあげるから。
それよりお茶でも飲んでいきなよ」。

こういう時躊躇せず付き合ってあげるのがN君の流儀で
何気なく、すうっとお邪魔する間合いが絶妙。
いつのまにやら奥の座敷にまで招かれている。
そこには新聞記者をしていたというおとうさんがいるが
私たちにいろんなことを見て聞いてもらいたい
いわばステージ上の「おかあさん」に遠慮して
いつも黙っている。
彼女の栄光。女学校時代、勉強も体育も秀でていたこと。
手芸教室の嚆矢《こうし》として活躍したこと。
ガラスケースに陳列された作品。
総理大臣などからもらった賞状。
これらは行く度に聞かされてN君は食傷しているのだが、
その場の体裁を守ってしおらしく聞いている。

それは、すぐそばを流れる川の話から始まった。
そこ黒目川沿いは『河童のクゥと夏休み』というアニメ映画の
舞台となったところでもある。

もともと東久留米に住んでいた児童文学家の作品が
原作となっている。
話がふとそれに及んで
いつものルーティンの雲行きが怪しくなる。
「おとうさん」がさりげなく北上出身と言うのを聞いたので
何気なくN君に教えるように
遠野の河童の話をする。
するといつもは押し黙っている「おとうさん」が
北上川の河童の伝説を話してくれる。
馬の水浴びさせていると
なにやらその尻にへばりつくものがある。
そいつは河童で、そうやって尻子魂を盗ろうとしている。
それを追い払ったひとの話。
それから北上も花巻というので
宮沢賢治と応じると
普段「おかあさん」の陰にひそむ彼と

N君の介護者としてその陰にひそむ私との間で
やにわに話が弾みだす。
「北上川は蛍気をながしぃ
山彙《やま》は真昼の思睡を翳す」

彼は賢治の弟清六を訪ねたことがあるという。
その時羅須地人協会の黒板に書き残された
「下ノ畑ニ居リマス」の実筆を見ている。
さらには河童話が転がって、
四歳のとき、北上川を犬掻きで、というのも泳ぎ方を知らないので
流されながら泳ぎ渡り、
またそうやって戻った、という偉業を語る。
こちらが驚くと完全に興がのって
日ごろ「おかあさん」の栄光の陰にいた
彼自身の栄光が語られ始める。
四百メートル陸上の選手として活躍したこと。
ヘルシンキオリンピックの金メダリストが

日本で催された大会によばれて来たとき
一緒に走ったことがある、という話。
「こうなると五日間話が止まらないのよ」という「おかあさん」。
「ジャマイカ代表のマッキンリー
ジャマイカ代表のマッキンリー」。
「五日間は困るなあ」と当惑してみせるN君。
「じゃあそろそろおいとましようか」。

その部屋を出るとき、
ふと鴨居の上を見上げると
額に飾られた二枚の写真が目に飛び込んできた。
富士山と
もう一枚は、とても綺麗な夕焼け空。
その下にキャプションのようなものが書き込まれている。
読んで、ついうっかり驚きが
遠慮会釈なく口から飛び出してしまう。
「俺もあの空を見た」。

「台風一過の綺麗な夕焼け空。平成十三年九月十一日」。

……

テレビを見ているとK氏から電話がかかってきた。
第一声は「やった…」だった。
とうとうやったのか、という嘆息なのか
「やったぁ」というものなのか、互いに
興奮して喋りあって電話を切った。

それから私はその頃よく聴いていた
ボブ・マーリィの Small Axe という曲を思い浮かべた。
それはバビロンシステムへ向けられてこう歌われている。
「もしお前が巨木なら

おれたちは小さな斧だ。
お前を倒すために研がれている。
お前を倒す用意はできている」。

待たれた朝

紐のさきが揺れる、黒い犬のうろつきを追う、
視線のなかに、せわしなく行き交う蟻、公園の柵のつけ根の
ブロックの上に
そしたら
ほら止まっているダンゴ虫。
目をあげて道のむこうを見ると
梅の木の畑がある前の路上に
ムクドリたちが集まっている。
いわくありげに、しかし何もありはしない。
久方ぶりに迎えた
涼しい、早朝。
じんわりと明るい曇り空。

連日の記録的猛暑が
今日はやんでいる、まるで凪の海のように。
ただそれだけのことによって、
少しだけ気分が浮き立つ。

犬は、腰を痛めてから、遠くまで歩かない。
家の近辺しか歩かない。
それでも今日は、嗅ぎに行こうとする。
いつも回る道より少しだけ外側へ。
この涼しい朝が彼をそうさせている。

昨夜、孤独だ
というメールが届いた。
耐えられないときがあるのだ、という。
私も孤独だ。
耐えられないとき

猛攻をかわして待つ、ボクサーなんだと思う。
待てば海路の日和ありだ。

皮膚病の犬のからだを洗ってあげて
タオルで拭いてから
革がほつれたボロ・ベッドに乗せる。
腰を痛めてから、飛び乗ることができなくなってしまった。
ある日、そこを窺って、物ほしそうにしていたので
抱き上げてあげたのだった。
すると乗せてあった毛布を
何度も前足で掻いてから
身をくるめた。
今もまた。

その隣に私は横たわる。
本棚から
以前、何年も、その本だけを

よく眺めていた
ポケット版の
草花の図鑑をとって
開く。
一粒咲いていた
橙色の花、茎が蔓の、
その名がそこにあるはずだ。

a strange r in the night

午後八時がきて、仕事が終わる、意のままにならぬ苦しみのときが終わる、
つまり解放が来る。
釘づけにされていた場を離れる。

駅への道を辿ると
どこか遠くのほうで打ちあがる花火が
聞こえてくるが、
雑居ビルが棒グラフのように立ちならぶので駅前からは見えない。
このままいつもどおり電車に乗ってしまうと
惜しい気がするから
駅を素通りし、隣へ一駅分歩こう。

いざ住宅街へ、そのとば口で
花火の音がぱったりと止む。
たちまち一駅では物足りないだろうと見積もる。
そこで線路沿いから鉛直方向へと逸れて、
ずいぶん南に平行して走る
別の路線の駅のどこかを目指すことにする。
漠然と「そっち」に向かうことにする。

ひたひた路面を打つ足取りが
先ほどまでは
すぐ絶えたリズムを
取り戻し
徐々に追い風のように
みなぎっていく、落ち着きへと
たかまっていく。

川面がかなり下にあるため

川というよりも淵
わきの道をいく、
白い街灯がならぶ下を。
対岸にだけ桜並木が
かたぶき
その枝はしげって雪崩をうつがごとくに淵の底へとさしのべられている。
蟬時雨が、さかんに
厳しい昼の暑さを凌いだ
今こそ時
と鳴いている。
淵に架けられた
細い橋
をそちらへ渡る。
やがて川沿いから離れる
やや上り坂を見つける。

夜てふ

おほいなる靄を
泳ぐ
わだかまりもつれたものを
ほぐし
ほつれ
芥子粒と
散り
うごく

コンビニに寄って茶を買う彼を
店員は誰とも思わずにあしらう。

その客が
近所の住人でも
一見《いちげん》でも
慣性として何かをするもの。
何ごとかをなそうとするものでも。

東武東上線の路線沿いから
そこ西武池袋線の町まで
歩いてきたものでも。
そのことにわけもなく何かを
託しているものでも。

南風

南から吹く風が
強く
きもちいいので
ただ
それだけの理由で
むし暑さも照りつける日差しもかまわず
歩きだす。

京王線明大前の
駅を出て
住宅街の入り組む道を
ひとすじ縄ではいかない「生きる」がごとく

ぐねぐねたどりゆく。

粘りつくタールの他人や
自分自身のうっとうしい窺い。
ともすれば気を重たくさせ
萎えさせるけれども。

風にふき飛ばされる
雲をあおぎながら歩き
やがてちぎれて
擦り切れた草へと草臥《くたび》れれば

まなざしがあたりを
嗅ぐ鼻面になる。

他人にかえりみられない、と
彼がメールでこぼすので

「われわれはそもそも underdog[*1] なのだよ」と応じる。
地面をはいまわるのら犬。
期待をかけられず
窺われもしないことの
なんと結構なことよ。

ひとがしらぬまに
抜け道が靡《なび》いてひらく。
形勢はやがて
くつがえされるであろう。

「ただ今、三軒茶屋《さんげんぢゃや》です。
フジヤマ閉まっていたので
シャッターの口に
ブツ一部を入れました。
これにて mission 終了します[*2]」。

「Roger」。

＊1——負け犬

＊2——同人誌を置かせてもらいに行ったら店が閉まっていたので

狂える季節《a cruel season》

記録的暑さのまま八月。
近所の庭木には
夾竹桃《きょうちくとう》と百日紅《サルスベリ》と
似通った色合いのピンクの花が
いつまで咲くかを競りあうようにずうっと。

最近まで
うぐいすの鳴く声が聞こえていた。
暑さにのぼせて季節感をなくしてしまったのか、
それは自然の異変を告げ知らせていたのか。

日曜日

ゆであがるような真昼。
N君と東久留米の裏道を歩いていると
どこからともなく歌声が聴こえてくる。
よくきくと『春が来た』だ。
くぐもった反響音で
それは風呂場の窓からと察せられた。
からりと長閑《のどか》にはりあげられた
ひときわ暑いこの夏には調子っぱずれな選曲に
顔をみあわせ苦笑い。

暑い日がやんだと思ったら
台風が来るのだ。
先触れの雨が降るなか
ホームセンターが開くのを待つ時間
入り口脇のベンチで
隣に座ったおばあさんと話をする。

仕事帰りに傘を差して自転車に乗っていたら
警官に呼び止められ、とがめられた。
職場は、空堀《からほり》川のそばの特別養護老人ホーム。
そこを出てすぐの川沿いの歩道
ひと気のほぼない道。
「あんなところで」と呆れる私。
ほんとうは罰金二万円のところ
初犯だから見逃してやる、と言われたそうだ。
そう話するわれわれの目の前を
傘差して自転車に跨る女性が通り過ぎていく。

彼女が二年前まで働いていた特養には
戦中戦後に苦労した人たちがいる。
彼女は群馬の出で
実家は農家だった。
「統制」で供出させられて困難だった。

そばに中島飛行機製作所があったので
空襲を受けた、とも。

彼女は入所者たちの
良い話し相手になっていたから
退職するときには
とても引き止められたらしい。
千葉に住む息子が「もういい加減辞めたら」とすすめたので、
その通りにして、日中特にすることもなく
一人暮らしなのだそうだ。

今日は涼しいから
それに台風が来たら家に閉じ込められてしまうから
三日分を買い置きするために来たのだという。
そのホームセンターには
食品売り場もあるから…命綱。

まるでもう一度あの時代を生きているようではないですか？
ぴんと吊り張られた綱の上を
落ちないように踏んでいく。

contact

カラスが尾長を追い払い
マンションの屋根にとまる。
尾長は、公園の入り口の電線にとまる。
駐車場の向日葵がずいぶん上のほうに
小振りの花を掲げている。
その花を毟《むし》るものがいて、
カラスがまた飛んできて、そのなにかを追い払った。
三羽の鸚鵡が舞いたった。

丈高い向日葵を見ると
同じキク科のスカレシアを思う。
キク科は草本《そうほん》植物であり、木本《もくほん》植物ではない。

すなわち草であって樹木ではない。
ところがスカレシアは、
高さ十メートルにもなる幹をもって森をもなしている。
およそ五百万年前、海から湧いた島ガラパゴスは
はじめはいわば「空っぽ」だった。
たまたまそこに、どうかして辿り着いたものたちが
空白を埋めながら、隣りあい、生態的地位（ニッチ）を分けあう
適応進化を遂げることとなった。
それゆえ他の土地では草でしかありえないものが
そこでは樹木になる、という妙が起こったのである。
スカレシアは、とりあえず、ほかにいないから
というわけで木となった、とりあえずの木。

考えが秋津からガラパゴスにとぶのは
やむをえないのだ。
けれども私は、西武池袋線を使って、
ひばりヶ丘へ行き、

介護利用者の家に午前九時の交代時間に
間に合うように向かっている。
朝からかなり蒸し暑い。
今年の夏は記録的だと騒ぐが
地球温暖化がすすんでいると
それは前から伝えられていることで
いよいよ暑くもなるだろうし異常気象もあろう。
それは日本で起きているばかりでなく
世界中で起きている。
人間やペットにばかり起きているのではなくて
エアコンがきかない屋外でも起きているのである。

事務所に行くと、家財道具が置いてある。
先日若くして亡くなったひとがいた。
そのひとの家を片付けた介護者たちが
とりあえずの置き場にここに運んだのだ。
あれこれと故人の私物だったものが

ためつすがめつされて、形見わけをされる。

生前そのひとは私に打ち解けがたいひとであった。

だからコロコロペーパーがいいと思う。

「とりあえずこれをもらいます」。

そのひとの幼い日からの写真を綴じたアルバムを
見るようにすすめられる。
そうしてページを繰りながら
そのひとが生きてきたあれこれを思う。
そのひとが生きてきたあいだは
見る由もなかった写真たち。

午後九時過ぎ
漫画喫茶を出ると
秋津駅の前には、
亡霊のように佇む人の輪ができている。
みないちようように押し黙り

手元から放たれた光にむかって
うなだれている。

葵グランドホテル（亡友）

艀《はしけ》から流されていく舟のように
電車を降りて漂いだす。
巣鴨駅で「しばらく停車する」旨
車内アナウンスを聞いてすぐさま
池袋まで歩こうと決める。
さっき、日中暑いなかを
池袋から上野不忍池まで
四時間足らず「散歩」したばかりだ。
しばらくベンチで休んで
立ち上がると
なんとなく鶯谷へ方向針が向いた。
鶯谷のバーをめがけていた。

これまで訪ねたことはないが
死んでしまった友人が
生前常連だったというその店。
どうにかたどり着いた時
もうまもなくひらく時刻ではあったが
店頭に
本日ライブ
とあるので
出直そう。
今日のところは電車に乗って帰ろう
そう流れた。

巣鴨駅から西へ向かう。
山手線の内側の住宅街を
このあたりはいつか歩いたことがあるので
すこうし見当がつくところだ。
(わたしのようにせっかちな早呑み込みは

「すこうし」で申し分ないのである)。
やがてどこか不自然な建物にでくわす。
のどかな住宅街のなかにあるため
廃れぶりがいささか目立つ。
英語で書かれた看板が
剝げかけている。出入り口が塞がれている。
AOIは「葵」グランドホテルと
通りすがりに脳裏におさめる。
そうして想いがさまよいだす。
ずいぶん前に営業をやめたラブホテルと
おぼしき建物の場違いな態《なり》と
ふさわしからぬ芳《かんば》しい名前について。
君ならおかしがるだろう。

猫が道を渡ると
羊歯《しだ》の葉っぱが尾のように揺れていた。
残されたところに。

とんとんとんと居並んだ町並みに
ふいに穿たれてあるようなふし穴のようなものが
通りすぎていく人にふっととりついた。
彼が亡くなったとは
人づてにそう聞いただけで
ほんとうにそうだとたしかめたことはない。
口をつけるとたちまち溶けてしまう
わたあめのようなあえかな
わだかまりでしかない。
また会えるだろ。

これはただそれだけの話である。
ふかあい意味はなんにもない。

風

零が零に殖《ふ》える
累代《かさね》

そのつど
いっきに風がすがりきて

ひとさし指をつんざく
蜻蛉

光

竹取物語より。二〇一八年一月三十一日皆既月食の夜に現れ、神隠しにあった松岡伸矢君ではないかと騒がれた和田竜人（仮名）さんへ。

崩れてゆく
足もととも頭のさきも
地も空も
かすんでゆく
みな靄のなかへ
うっとりとするような森へ

忘れるのだろうか
彼が出会ったもの、出来事、

ひとびと…
いくえにも流れていく往来に
洗われても溶けない祠のように
かたくなな密度で佇んでいたまま。

だがついに
去りゆく人のもとから立ち去ったのは私だ。
彼でさえない、風。
風でさえない、影。
誰にも信じられることはない
あの痛みだけを餞別として…

そうして、

つかのま生まれた吾《あ》ぎ子を
孕みなおす。
かがよう土にゆだねる。

さらい流してゆく波が
拾ってくれるように
抱き上げてくださいますように
また事が始まりますように

月

秋津駅。
商店街へ続く道の上、西の空に
マンホールの蓋が、わずかにずれたという三日月。
鎌形のほそい光の隙間が
レモン果汁のようにほとびて耀《かがや》き、
稍《やや》という微妙に
膨らんでいる。
それを仰いだとき、かすかな針が振れる。
日頃、こわばった
粘土のような水面は、
騒ぐことのない、静かな境地というよりも
ただの無感動であるが、

そのとき細波《さざなみ》が、軋みのように
かすかに走る。
重畳《ちょうじょう》たるデジャヴに揉まれひたすら鞣《なめ》され
すみずみまでのべ広がった
その平衡を「死ぬ」と呼ぶのであるが、
そのために働くエージェントは、
けっして悪気はないのだろう。
そうしてとうとうふれあいもせで
逝ってしまうことのなんという容易《たやす》さか。
今生《こんじょう》の中で、袖すりあうも
理解はしなかった、ということは
永久にそうだということだ。
「東京市民よ！　市民諸君よ！」
二階の窓から通行人に向かって
大演説する女がいる。
それは仰いだひとにいたずらな熱狂とだけ
覚えられ、呆れられ、忘れさられるだろう。

彼女が丹精《たんせい》をこめた切り絵が
額縁に飾られる。
それを見て讃えるひとらは
彼女がありありとそんなふうにいたら
背いて見ないふりをしなかったか。
それを世迷言《よまいごと》と聞いて
痛切なメッセージと受け止めなかったのではないか。
彼女の誤解がとかれる日が
訪れる見込みはない。

か細く絞られた、三日月の光、その滴が
カラカラに嗄れた、ふり仰ぐ人の
咽喉《のど》に落ちる。

＊――『実説・智恵子抄』（草野心平）を参照。

散歩の醍醐味

午後七時
いつものような
かわり映えのしない
一日が終わる。

とともに町へと繰り出す。
大泉学園駅前の
繁華街を抜け、
街灯がぼんやりともる
裏路地に飛び込む。

そこに殊更な

なにかはない。
「する意味がわからない。
ただの無駄足」と
ひとが弾《はじ》く未踏の道を
さらさらさらさら流されていく。

保谷《ほうや》駅に近づいていくが
そこからはさらに北にある住宅街の中
なだらかな坂をあがり
南大泉と番地札に読む。
畑があって、視界が開ける
すると花火が
行く手やや右側の
家の屋根の上に
顔をのぞかせはじめる。
さきほどから
音はすれども姿は見えなかった

それが
ようやく照準があう
というように
私の前に、やがて道の延長上
その芯のほうへと
ずれてくる。

道行くひとも
「どこでやっているのだろう」と
いぶかしむ不意打ちの
狸囃子《たぬきばやし》。
かれらには些細な遮蔽物にさえぎられて
見えないのだ。
けれども私の行く手には
雲間から徐々に現れる月のようにありありと見えてくる。
三つ、四つと。
そうして打ち止めに

枝垂《しだ》れ花火が
爪先へ
金箔を散らして消える。

その店の店主は
いつも上の空で
ＣＤがとんで
ずうっと同じところをループしていても
見かねた客が
一肌脱ごうと申し出てくれても
まったく意に介さない。
お会計も
簡単な計算をまごつく。
何度か来ている私の顔も
覚えてはいないだろう。
毎回帰り際

深々と頭を下げて
見送ってくれる。

このあいだ
板橋から早稲田まで歩いてきた
という人と
話をしたのだが
彼はスマホで地図を見ながら
道を辿りやってきた、と言うので
「なんと勿体無いことを」
と言う。

彼には
道を迷って時間を無駄にすることが勿体無い。
私には
敢えて先行きが暗い道を選んで

けれども通り抜けたとき
「ラッキー!」と喜ぶ
散歩の醍醐味が
むざむざ捨てられてしまうのが
勿体無いのであるが。

見知らぬ男の子

「こんにちは」と声をかけられたので
「こんにちは」と応じる。
小学校高学年ぐらいの
男の子が不意に。
そのまま歩いていくと
また「こんにちは」と声をかけてくる。
さっきの場所から
ずいぶんあるそこまで
私を追うように
歩いてきたのか。
「どうしたの？　迷ったの？」と聞くと
「信号のところで相手を待っていたんだけど

来ないから」と言う。
最初に私に声をかけてきたところだ。
「今何時か分かります？」と聞くので
ポケットからガラケーを取り出し
蓋をあけて時間を覗く。
「十八時四十八分」。
「七時までには帰りたいんだけど。
埼玉には誘拐犯がいるから」。
おいおい。
目の前の相手が誘拐犯でないという
保証はないだろう、と思うが
「ここは所沢と清瀬の境。
埼玉と東京の境。
柳瀬川《やなせ》の上！」と
念のために伝えておく。
「清瀬と言ったって…」そう呟く彼。
「家は近いの？」と訊《き》けば、すぐそこだという。

「気をつけて帰ってね」。
「うん」。

彼は川沿いの遊歩道へ。
私は小金井街道の歩道を直進。
漠とした、心細さに
とりつかれながら。

miracle

I

あえて
入っていった。
どう見てもこの道は
抜けられないだろう
そう思うときはいつも
入っていった。
挑むように
歩いていった。
抜けられなければ
踵をかえして

道を戻れば
いいだけの話さ。
行き止まりで挫かれたと
途方にくれたり
観念することはない。
かえって歩く距離がのびて
よかったではないかと
そう思えれば
転じるものがある。
もう何もすることがなくなり
かなえたい希望もなくなり
そんなある日
ふと散歩をするようになり
以来ひたすら打ち込むように歩き続けて
台風や酷暑の日
雪のなか
一日十時間

仕事の帰り道四時間
はためからはただもの狂いのような
徘徊者にしか見えないだろうが
いつしか私のからだは
どれだけ歩こうとも疲れぬようになり
体幹がつよくなり
意識が変性し
それは歩くほどに変化し
歩きすぎて痩せてやつれてゆく
尾羽《おは》うちからしたようなみかけと裏腹に
もはや唸りをあげて空《くう》をつんざき
打者の手元にとどくとぐわんと浮きあがる
剛速球のようなものとなって
歩いていることは
自分だけがひそかに知って
世の誰も知らない
そう思うと

そらとぼけた異端者の
愉快が込み上げてくる。

どう見ても抜けられないだろう。
そんな道を
選んで
入っていった。
あえて挑むように歩いていくさきに
ぽっかり
穴のように抜け道が
現れることがある。
それは不意をついて現れるため
抜けられないだろうと
かまえてきた人をエポケーに襲う。
かるく意識がとんで
まるで奇跡にでもあったかのような
言葉にならない多幸感がからだを包む。

あまりにもささやかな
嘘から出たまことの喜びが
味わうほどに病みつきとなるのだ。
『セーラー服と機関銃』の
薬師丸ひろ子呟く
「カ、イ、カ、ン」かな。

Ⅱ

くまちゃんは
ひょうひょうとした東北人だ。
四六時中硬球を握って
ひたすら草野球の特訓をしている
という人である。
仕事を休んでいる
大学時代の後輩にキャッチャーをしてもらい

夕方二時間
河原で投球練習をするらしい。
一見中肉中背の五十代。
だがほんとうは
鍛えられた靭《しな》やかなからだが投ずるボールは
年々球速がはやくなっており
本人曰く
いまや１４０km の剛速球。
後輩氏が証言した。
「くまさんの球、手元で浮き上がる。
危なくて」
だからそれを捕るとき怪我しないように
プロテクターをつけなければならない。
「おれのおかげでキャッチングがうまくなったんだよ」
そんなそらとぼけた掛け合いを聞きながら
まるで奇跡のようではないか
と思う。

それははためからは
浮かばれないような中年男たちの
ひそやかな神話。
夏の夜の公園の
ささやかな宴の、肴にちょうどよい。

Ⅲ

世界に救いはない
人が手をかりたがる便利な神はいない。
世界はコミック雑誌のようだ
弱い者もまた強者の戯画を演じたがる。
糞どうでもいいとおもったら
希望を語る力言葉の麻痺がとけた。

君は八方塞がりのただ中にいるのだ。

だが万が一そこを
抜けられることがあれば

つまり
それが奇跡。

究極Q太郎詩集　散歩依存症

ガザの上にも月はのぼる

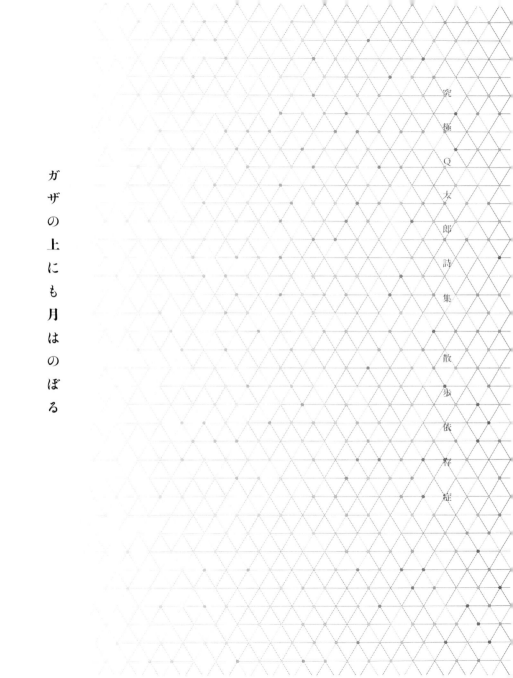

ガザの上にも月はのぼる

ムクドリの群れが
暗い夕ぞらのなか
投げられた網と舞って
やがて近くの農家の一本だけ高い欅《けやき》の樹にとまる。
そうしてけたたましく囀ずっている。

…気がふれたように。

以前、仕事にゆく途上
通りがかった川でムクドリの行水を見かけた。
日頃は水が流れていない「空堀川《からほり》」という名の涸れた川だが

直前の夕立が川底に水たまりをつくって
そこで鳥の群れが囀りながら行水をしていた。
かたわらにならび
前のものが終わり順番がくると飛び込み
ひとしきり翼をばたつかせまわりに飛沫をはねとばす。
済ませると近くの電線に飛びうつってほかのものを待つ。
それはなんとものどかな光景だったが
すぐそばの
豊かな雑木林が伐られたばかりで
そこから追い出された
気の毒な避難民の列のようにもうつった。

その夜、仕事が終わった夜更けの帰り道。
またそこへさしかかると
近くの農家の高い欅の木から
けたたましい響きが聞こえてきた
鳴りっぱなしのアラーム音のような声が

気がふれたようだな、と思う。
夕方に見かけたムクドリの群れが
そこに宿っていたのだった。

別の日に通りがかると
樹の幹に高い梯子が立てかけられ
枝がバサバサ
躊躇なく伐られていた。
そうしてだんだん骸骨のような丸坊主へと変えられていった。
それがムクドリの群れを追い払う農家の苦肉の策だとしても
なんとグロテスクな
救いのない光景だったことか。

＊
＊
＊
＊

最近、ＳＮＳで
ガザからの投稿を見るのを日課としている。

“I'm still alive.Gaza”

しばらく救いのない画面に見入ったあと
あげた目の先に月がある。
たとえこの世界の全てが目を瞑《つむ》り、晦《くら》まされても
かならず月は見ているのだと
私には分かる。なぜなら…

ひところ仕事のあと、
毎晩四時間ほどかけてゆっくり
長い道を歩いて帰っていたのだった。
その前まで私は
誰からも見捨てられた気持ちで
ひっそりと酒に逃れた

やけっぱちな生活に心身を荒らして
深みにどんどんはまっていた。
だが、ふとしたことを理由に
その三昧を散歩三昧にかえようと思いついた。

飼い犬が
夜の散歩に出かけられなくなった。
老いて腰を痛めるまで
飼い主を引きずっていく夜の散歩で
駅前の焼き鳥屋の常連客になりすまし
私を差し置いてあるじ然としていた
ちゃっかり者のわが犬だったが、
殆ど寝床から動かなくなってしまった。
そうして私は早く帰宅する理由がなくなった。

浮き世の手で荒々しく
扱われてすり切れてしまった心を

しずかに繕いなおす時間に
ひたるように夜ごと住宅街の人気《ひとけ》のない道を辿る日々だった。
すれ違う人は殆ど誰もいない
だんだん私は世界にただ一人いるという離人感につつまれ
月が高みからいつも
覗き込んでいるのを見た。

帰宅すると
待ちわびた老犬が
悲鳴のような声をあげて鳴いた。
夜更けに近隣にそれがけたたましく響く。
それは夜毎のことで
なにか異様な
気がふれたようなことが起きていると
疑われても仕方がない状況にあったが
私が腫れ物のように扱われていたため
近所からそのことを

面とむかって聞かれたり咎《とが》められたり
対処を求められたりはしなかった。

それから私は犬と
一緒にシーツにくるまって寝た。

誰もひとのことなどほんとうには気にかけない。
星々が次第に
離れて背きあいもはや互いのもとへは
気がふれたような金切り声しか届かないこの宇宙に
放り出されたままこれっきり離ればなれに
ならないよう抱きあいながら。

＊ ＊ ＊ ＊

雑木林が切りひらかれたあとには
家が建てられていた。
相続税を支払えない持ち主が土地を売ったのだと
犬を散歩させている飼い主仲間から噂を聞いた。

私の同僚たちも
子供をもうけるとそんな家を買うのだった。
マイホームを建てることは
「おめでたい」として当然のごとく寿《ことほ》がれる。
そんなことによってようやく報われる
労苦。
その式でいけばローンもじきに済むだろう。

＊　＊　＊　＊

かつて
動物のように追い立てられた歴史をもつ人たちが
今度は
動物を追い立てるようにひとを追い立てる
土地を奪って家を建てるつもりで
「あれはひとではない動物なのだ」と合理化するのだが
軽くアイロニーと呼んですますにはどうにも救いがたい
幾重にも気のふれたようなすがたに見える。
もはや生き物を敬わない世界の主のために
とうとう底が抜けてしまった地獄のはじまりのようだ。

私はそれを見つめる
…月の使いなのか…

嘲笑いながら
トロフィーの骸骨と

記念撮影。

殺されたとき
誰のものか分かるように
からだのパーツの肌の上に書く名前。

いっしゅうかん　金曜日の偶《たま》たちへ

日曜日。市場へ出かけ
はしなかったが、
道端に
皿や本や雑貨が置かれて「ご自由にどうぞ」とあったので
球を貰った。
台座も軸もないが
小ぶりな地球儀と見えたものが
掌にとってよく見れば
くすんだ青い色の表面に書かれたクレーターや海の名から
月球儀だった。
インテリアの飾りにしよう。

月曜日。多摩川の河原に住む
知り合いのホームレスのおじさんのうちへ出かけた。
ペットとして飼っている兎たちが
繁殖し過ぎて総勢数十羽にふえてしまい
困ったことになっているらしい。
…「土手を掘られる」と役人らが
文句を言いにやって来る。
家の周りに兎が跳び出していかないよう
高い柵を自分で普請した。
（おじさんは以前鳶をしていたのだ）
タマを貰ってきた。
彼が名付けた雄の白兎
名前ごと譲り受けた。

火曜日。タマの脇に月球儀を置き

写真を撮れば
「月と兎」という絵になるだろうと思い立つ。
いざその瞬間、予想外のことが起きた。
タマがとなりの球に飛びついて転がし始めたのだ。
前肢で球を抱えながら腰を振って押すと
つつかれた球が
コロコロ床を転がっていく。
その先へ跳ねていって
また同じことをする。
その時、ぶっぶっぶっぶっと唸る兎の声。
コロコロコロコロ
ぶっぶっぶっぶっ
のフーガ。

水曜日。ベランダにタマの居場所を作ってやると
一日そこで、球転がしに明け暮れている。

ボールで遊んでいるといかにも可愛らしく
戯れているように見えるが
それは番い相手に見立てた
疑似交尾のようである。
球を触ってみると
表面がしっとり濡れている。

木曜日。　私が床の上に横になるときタマが身を寄せてきて丸く座り
耳を背中にぴったり寝かせる。
体を撫でてあげると
うっとりと瞼を閉じて
いつまでもそこにいる。

金曜日。　偶々バーで隣り合わせた客から
穏やかならぬ話を聞いた。

アルファの大統領が
いまベータの主席との間に結ぼうとしている平和条約が、もし決裂した場合、
相手に核ミサイルを撃ち込むと
乱暴なことを言っており
それを伝え聞かされたオミクロン国首相が
翻意させるため必死で説得に努めているがどうにもならなく
憔悴し切っているらしい。
これには様々な関係者たちが動いて
そのような事態を避けるために努めているという。
万が一そんなことがあれば、ベータがアルファの同盟国である
我がオミクロンにも容赦なく報復攻撃をするのは明らかだ。
問題はその独断と粗忽で悪名高い大統領に
核ミサイルの発射ボタンを押す
権限が与えられてしまっているということ。
そう言って、隣席の客は溜め息をついた。
世はしゅうまつ'weekend'だ。

木曜日。
大宮発上り方面の電車に乗って
ドアの前に佇《た》つと
高架鉄道の窓は見晴らしが良く
夕焼けのパノラマにくっきり
山なみが見える。
高い頂は富士。
その稜線に
いましも陽が落ちかけているところだ。
みるみる沈んでいく。
夕映えが鮮やかになり
暗さをつのらせていく山影。
丁度、南与《みなみよ》野《の》駅に着いた時
完全に日が隠れたのだが、
その瞬間、空が
ひときわ耀いた。

それはこの世の物ならぬ妖しさで
玉手箱の蓋からこぼれるような
金色の光で
止まってよという念も空しく
時に押し流されるように
褪せていった。

金曜日。引っ越しの荷造り。
段ボールに月球儀を入れた。
表面がすべて錆で覆われている。
新しい家はペットが飼えない分安くて狭い。

「こいびとよ　これがわたしの
いっしゅうかんのしごとです

テユラテユラテユラテユラテユラテユララ
テユラテユラテユラテユララ♪」

「現代詩人の使命とは
携帯電話を持たないことである」

そう書いたのはいまから
二十年以上むかしのことで
深い意味はなく
ちょっとしたユーモアのつもりであった。
それに詩人に使命があるなら
多分社会の大勢に
なびかないことではないか。
たとえば皆が「大谷サン、大谷サン」とかしましいとき
「『大谷サン』と言えばうちらの周りでは『選手』ではなくて『組合員』なのだが…」
などと世が預かりしらぬことをうそぶいたりして
をかしと思う。
「時のなかに故郷を持たない」

そんなたよりのない身の上の
軽い反骨精神。

私はひところヴェルヴェット・アンダーグラウンドというロックバンドが好きで
その頃ヴォーカル
ルー・リードの詩集が翻訳されたので買って読んだのだった。
その一編が
デルモア・シュワルツというユダヤ系アメリカ人詩人に捧げられており、
どうやらその人はルー・リードの大学時代の文学の師であるようだった。
そんな次第でその詩人に興味を覚えたものの
翻訳は見当たらず読む機会を得なかった。
ある日当時住んでいた早稲田の古本屋街を漁っていたとき
たまたま表紙にその名がある本を見つける。
その時本を買って読んだはずだが
内容はひとつも覚えていない。
そうしてタイトルだけがひっかかるように残って

冒頭に書いたような詩を書いた。
それが『現代詩人の使命』。

数年前にみた映画の
主人公が
携帯電話を持たない詩人だった。
彼はバスの運転手をしながら
詩を書いているのだが
仕事のあいまにノートを開きペンで書く。
私もその頃そんな風に詩を書いていたのだった。
介護の仕事のあいまに
思いついたフレーズをノートに書きつけていた。
長らく携帯電話を持っていなかったのだが
連絡をとるのに不便だからと
コーディネーターに頼まれ
ようやくＰＨＳ《ピッチ》を持ったばかりだった。

こちらにとってはそれはそれで
いつでも相手につかまるようになって
ちょっと不便になってしまったのだが。

映画の主人公はアメリカ
ニュージャージー州パタースンに住むパタースン。
ウイリアム・カーロス・ウィリアムズに同名の題の詩があり
映画は、前向きな意味でディレッタントだと自称する
監督ジム・ジャームッシュの趣向がこらされ
『赤と黒』にかかげられたエピグラフのように
分かるひとにはわかるといった
少数者のもとへ届くメッセージが込められているようだった。
観ながらふと気づくように
それはとりわけ私自身に向けられているような気がした。
飼い犬のフレンチブルから
(私は同じような顔つき、からだつきのパグを飼っていた)

バスの乗客の若者たちの会話の中のアナキズム
（ニュージャージー州パターソンがイタリアのアナキストの亡命地と気づくのはアナキストだけだろう）
そして日本からきた詩人
（そのシーンが小津安二郎へのオマージュだと気づくのはその作品をよく観ているものだけだろう）

映画のクライマックスに歌われる『線路はつづくよ』の原詞は
大陸横断鉄道をつくった移民労働者たちが歌った労働歌で
それはほかに仕事を持ちながら詩を書く
すべての詩人たちへのねぎらいとして響くように聞こえた。
だがそのとき既に私にはその映画が
むかしつたないながら英語の詩を書いていたときに
作った私の詩への
返信の合図のように思われていた。
私は手作りの私家版詩集を携え
ニューヨークに行ったとき

それをニューヨリカン・ポエッツ・カフェに置き土産してきたことがあるので
ジャームッシュの視界に入った可能性が
かぎりなくうすいが、
ゼロでもない。

My company and I
by the railroad track
waiting for trains passing
just enjoy watching them

Whenever they come
my company waves to the conductors on them
reply to him rarely
even if they notice his signal

Please don't ignore his signal
Please don't ignore his

We are here
waiting for yours

Please don't ignore his
Please don't ignore his
We are here
waiting for yours

ツレと僕は
線路のわきで
通過する電車を待っている。

電車が来るたび
僕のツレが車掌に手をふるのだが
警笛の挨拶は滅多にかえってこない。

どうか彼の合図を

無視しないでおくれ。
どうか彼の合図を
無視しないでおくれ。

僕らはここにいて
あなたの合図を待っている。

かなたの戦火

街に
口を覆ったひとたちの群れも
見慣れて久しい。

そんなある日、とうとう私も流行り病を患う。
職場の都合で定期的に受けているＰＣＲ検査の結果が陽性だったと
旅先のウクライナでしらせを受けたのは二日後だった。
けれども症状がないので自覚がわかない。
ジェット・ラグにちょっと
酔ったような気分で
放心した頭からくらくら
悪の凡庸さなどが湧いてきて

狐に摘まれるように
身につまされた。
悪気なくひとは
ゾンビになるもんだね。
そうですよ。なにしろ
「口裂け女はわたしだ！」
とはフローベールの慧眼で
いまとなれば誰もが口裂け女。
あまつさえその姿が
ドレスコードじゃないですか…

だいぶ前から
ひとびとは
お互いを腫れ物のように思いあって暮らしている。
そして今日び、いまいましい脅威としての姿が
ようやく符合したのだ。
ヴィールスとの戦いは

自由競争がけしかけたライヴァル（大名）との戦いの
延長線にある。
そしてそれは切りのない戦いで
互いに疲弊してゆき
共倒れを待っているものが
あがりを吸い上げるのだ。
先日観た映画、イーストウッドの
『クライ・マッチョ』が
戒めていたこと…土俵に乗るな、と。
そしてウクライナへ
用もなく飛んだのはそのためでもある。
詩は自在だから
検疫にも機会にもひっかかることもなく
クライと踏むために。

夕方、電話がかかってきたのか

かけたのか。
その人は
滅多に行き来はしないが
電話は日課のようにしている。
日頃、暇にあかせて
たあいのないことをだべったり
互いの身辺のことや
世で起きていることについて
あれこれ話したり
世で喧伝されていることを
穿《うが》ってみたり…
テレビのニュースを観たらしい。
「さっきの感染者の数に入ってたんだ」
と言われる。
それはいつも交わしている
ジョークのように。

「（笑）数のなかから
見分けてくれて有り難うね。
闘病生活、頑張るよ！」

スマホの力

スマホ天狗

ずいぶん以前であるが
ＮＨＫ ＢＳ世界のドキュメンタリーという番組で
コンゴの紛争地帯にある
レアアース（レアメタルとも）の採掘場で
強制労働をしいられている
子供達を取材した映像をみたことがある。
村々からかどわかされてきた
あどけない子供が
大人と同じように採掘孔に降ろされ
重労働を無理強いされる。
孔《あな》に降りていく
撮影クルーのわずかな照明に

現れては消える
鬱憤をたぎらせたひとの顔、叩きつけられる呪詛。
その取材もまた
「命がけ」のものであろうと
察せられた。

今度はノキアの本社。
アフリカで撮影してきた映像の上映が行われる。
その製品の中に
使われている資源が
いかに調達されているかを知らしめるために。
フィンランドの
携帯、スマホの会社
ノキアのみならず
レアアースを必要とする
あらゆる電化製品に
由来の怪しく血《ち》腥《なまぐさ》い資源が紛れ込んでいるのではないかと

思い及びもする。

十月頭、私も出演するイベントにAR君を誘う。
AR君は、
私が介護をしている脳性麻痺の人が
電話番を勤めている事務所に
遊びにやってくる。
昼間することがないので
イオンモールやヨーカドーのイートインに粘って
ずうっとスマホをいじっているよう。

金曜日は事務所に
私がいるので
四方山話を話しかけに来るのだ。

私がものを言うと

「そうじゃなくて」を枕に彼の話が始まる。
それを聞いて時折口を挟む私。
イベントに誘うものの金がなさそうなので
入場料をもってあげることにする。
イベント会場の最寄り駅に行くには
われわれが住む町を走る
西武池袋線からは
副都心線直通で
殆ど一本で行かれるのであるが
「そうじゃなくて」
練馬で乗り換えて都営大江戸線の方がいいのだという。
東京都が発行する都営交通無料パスというものがあって
都営の交通機関は
地下鉄、都電、バスと
本人無料、介護者半額負担。
彼はそのパスを電子マネー「PASMO」仕様にするほどの
練達したユーザーなのだ。

遠回りになるが、私の言うことは聞いてもらえないので
渋々付き合うことにする。
すると翌週、大江戸線の駅に渋谷がないことに気づいたようで
困ったように代々木駅でのＪＲへの乗換えを言う。
では、副都心線で北参道駅まで行って降りれば
そこから歩いても行かれるし、
地上に上がれば
明治通りを走る都営バスに乗っても行かれる
と、教えてあげる。
無料パスにこだわるＡＲ君に
つじつまがあうよう助け舟を出してあげたのだ。
それがいいというので
了解する。
あの駅は、地下から地上にあがるのが長いし
地上に出てもバスがやって来るのを待たねばならないし
手間隙かかるなあと思いながら。

日をおいて今度は
台風が来るから行かない
方が良い
という脅すようなメールが届く。
スマホの天気予報がそう告げるのだという。
私にそう警告する。
こちらは雨風ごときで行かないわけにはいかないのに。
念のためNHKのデータ放送でその日の天気を確認すると「晴れ」。
メールでそのことを伝えると
「スマホをなめるな！」という返事。
「では誘いませんからご安心を」と返す。

彼はいつも私にふれこむ
○○会の仏教徒であるようなので
私のようなド素人にも察せられる

仏の慈悲心を告げてあげよう。

仏はＡＲ君だけでなく、
レアアースの採掘を無理強いさせられている少年の上にも
慈愛をそそがれているのではないでしょうか？

「おあいそ」のときに

今朝犬の散歩に行くと
隣の公園の大きな欅《けやき》が倒れていた。
深夜に見舞った強力な台風が薙ぎ倒していったのだ。

昼間、上板橋の町をＡＹ君という人と
歩いたのだが
（毎週月曜日の介護中、散歩につきあってもらっている。
先週は赤羽まで三時間ほど歩いた）、
緑があるところあちこちに
例えば公園などに
「立入禁止　警視庁」と書かれた黄色のテープが張り巡らされ
まるで町中に

事件現場が出現したかのような
不穏さを漂わせていた。
樹木が傾いていつ倒れるか知られないい危ないところ
ひとの出入りを規制するということなのだが。

それにしても巨大台風は
地球温暖化に伴う異常気象の一環なのだろうし
ということはこの先こういうことは
毎年恒例のようになるのかもしれない。
ということは「不穏」が常態になるかもしれない。
これはいわゆる「終末」というものの風景ではないだろうか?

地球温暖化は人間社会が生み出す
温室効果ガスによるものであろう。
十年ほど前犬の散歩の途中に
近所の川原で知り合った
二匹の犬の飼い主のおじさんが

たまたま「気候変動に関する政府間パネル」日本代表ということをしているひとで
その人は「本当は犬など飼っている場合ではない」などとぼそっと呟く。
彼の息子さんはそのとき獣医大学に通っていた
のに
である。
飼い犬の一匹は、
保健所からその大学に下がってきたものを
ひきとったという。
COP（カンファレンス・オブ・ザ・パーティーズ）という
温暖化ガス排出量の割り当てを決める国際会議の場で
先進国と後発に発展した国々、さらには発展途上国の間で
互いが譲らず話が進まないのだという。
本当は、エコカーのプリウスに乗り換えるぐらいなら
現在乗っている車を二十年使い続けるほうが良いのだとも。
先が案じられた。

今年の異常気象は

このさき起こる出来事の単なる先触れでしかないだろう。
もはや人間が「しでかしてきた」ことのつけを払わされる
「おあいそ」のときが来たということではないだろうか？
とりわけ日本人はこれまで
地球環境に多大なる負荷をかけてきたのである。
そういったことは少し調べれば、
例えばジャレド・ダイアモンドの『文明崩壊』という本などを読んでもらえば
すぐ知られることである。
しかし「お会計が百万円になります」と突きつけられたら
それは愛想になっていない。

世の趨勢がそうなっているように思える。
潮目が変わっている。
これまで野放しにされ、威張り散らしてきたひとたちが
次々バッシングされている。
つけを払わされるときがきたように思われる。
これまで「なにやらやらかしてきた」ひとたちが

そのことのつけを。
「なにやらやらかしてきた」
身に覚えのないものは
きっと誰もいないだろう。
私もいろいろやらかしてきたのであり
他人事でなく必ずわが身にも及ぶであろう。
けれども「お会計が百万円になります」のハードランディングは
どうにかして避けたいものである。

たとえばプラスチック製品の問題。
尖閣諸島や竹島の領有権は争っても
太平洋にぷかぷか浮かぶ
日本の国土四倍の広さのプラスチックごみの島を
わが領土と主張するものは誰もいない。
私も散歩の途中にペットボトルのお茶を
ついつい買ってしまう。
コンビニによると人心地つく、とりわけストレスを抱えたときは。

そうして私の咽喉《のど》を潤した後の空き容器はどうなるのか？
そのゴミはどうなるのか？
一部はリサイクルがされるが大部分は
「資源」という偽名に名づけかえられて
東南アジアなどの海外に「輸出」されているのである。
その後の消息は知られない。
結局海へと流れ着き、海流の溜まりに
はばかる島の一部になるのだろうか。
こうしたことは、三十五年ほど前
高校の社会科の教科書で読んだ
海草と勘違いしてビニールを食べ
咽喉をつまらせて窒息死した
海亀の一件、小話《アネクドート》
のようではあった、に
とどまらないような一大事になってしまったのである。

けれどもこういうことを

私のような
家でテレビも見なければ、新聞もたまにしか読まない、
パソコンも持ってない、一介の介護者にしかすぎない分際のものにさえ
分かるようなことを
どうして世の優秀な為政者たちが
分からないものかと訝しく思う。
このまま何もなされなければ
「終末」の様相はますます色濃くなっていくであろう。
「お会計百万円」のハードランディングは必至であろう。
あえてご破算のちゃぶ台返しハルなんとかをうかがっている
とある国のトなんとか大統領もいるが。
キリスト降臨の至福千年を待ちわびてやまない人々にとっては
それでいいかもしれないが、
世界にとってはかくじつに悲惨だろう。

私はみなさんとともに
ソフトランディングを探したい

老犬を連れた
一散歩中毒者です。

道へのオード

ただの散歩が
長い旅へとかわるまで歩く。
ゴールを持たない
あの旅のことだ。
もはや何もかもに窮したと思い
進むべきとこだわる道は尽きたのだった。
そっと身を軽く
離すようにさまよいだす。
あとはひたすら
歩いていくのみ
あとはひたすら
それに沈潜する。

いまどこにいて
私とは誰なのか
見失いかまわなくなるほど
陶然とする時には
私が
道そのものになっている。

それは詩人たちが
語ってきたその通りだった。
いつしかわだかまる思いが
晴れあがる。
そして眩むほどまばゆい
今日という今日が
開かれるだろう。
(目から鱗がはがれたように
見えかたが変わっている)
そして先行きの暗さに

怖じけづかぬ
ためらいのない足取りで進む頃には
その道が尽きることは
ありはしないと分かる。

道ゆく先で出会う人と
ふれあい、抗うなかに
対位法のように絡む
誰かをえるだろう。
その誰か、わかちあう人に
崩されながら
君の足取りは
粘りのあるリズムを
おびるようになる。
もとより意のままにはならない
この世界なのだ。
完膚なきまで

崩されることがないため
君の粘りが
より深い世界へ
抜けていく時のため。

この世界の実情を知れば知るほど絶望する。

だが、破滅への軌道にいてそれを知らない幸福なひとより救いがあるのではないか。

デッドエンドの先にふいに抜け道がよろこばしく現れるとしたらあがいて　観念したひとの前にまさかと現れるからだ。

絶望しながらどこかに突破してゆく抜け道を窺う。

それが私のアナキズム。

あとがき

ある日ふと歩きはじめた。その頃、昼から酒を飲む飲酒依存、強度の不眠症と鬱も患っていた。酒と薬をチャンポンで飲んで、あわやボヤという騒ぎを起こすことが幾度かあり、このままでは身の破滅だと思いながらも、どうしようもなくなげやりな生活から抜け出す目処が立てられないでいた。

そんなある日、鼻のつけねに炎症が起こり、さらに大きく腫れあがったところで皮膚科に行くと、医師から、肌トラブルのもととなる飲酒と不眠の生活習慣を戒められた。不眠に関しては、かなり手ごわくはあったものの、眠剤がかろうじて効いてくれたので、何度も夜間に起きなければならないという仕事の性格から、眠剤を使って眠るわけにはいかない夜勤の泊まりのシフトを外してもらえばよいのだった。問題は飲酒で、もう何十年もの間、飲まない日はなかったから、骨絡みとなってしまったその癖をやめることは途方に暮れるような、非常に高いハードルに思われたのだった。

飲みたくなったら歩くことにした。今日からは酒を飲まないと決めた六年前の春のある日、調布の町を訪れてみた。いまから四十年近く前（私が十代時分）、その町を舞台にした作品を、枯淡スレスレのタッチで描いてから、引退するでもなく、すうっと読者の前から消えてしまった漫画家がいたが、少し前に出たある雑誌が彼のレトロスペクティブ特集を組み、知られざる近況をインタビューしていたのだった。漫画家は、そんなふうに喋ることさえ億劫だといわんばかりに「早くこの世からおさらばしたい」と語っていた。私は、偶然それを見つけて読んだのに、その声はまるで我が意をえたりと響き、なんだか同病相憐れむように共感をしてしまった。そうして対面で会わないまでも、偶然に街の中ですれ違ってみたらいいなぁと考えたのだった。そんなふうな漠然としたことを。その人はまだ調布に住んでいるようであった。

私はそれから、仕事のオフ日は調布に行き、最初は駅の周囲をぐるぐる回っていた。我ながらストーカーのように。漫画家とすれ違うことはなかったが、かつて作品に描かれた風景の面影はあり、足を伸ばして街の外れまで歩くと、野川が流れ、里山が鎮座し、植物園から続く雑木林を抱えた深大寺があり、のどかな散歩コースを辿る心地良い道だった。そうやって歩いているうちに、いつしか歩くこと自体が主となり、漫画家のことは忘れてしまった。それがその後四年ほど続く怒涛の散歩ライフのはじまりだったのだ。（そんな散歩生活を続けていたある日、漫画家との共著がある詩人にある会合で同席した際、話をする機会をえたのだが、一週間前に漫画家と電話で話をしたばかりだと言った。その時が私にとり漫画家に一番近づいた瞬間だった。）

それから私は、休みの日は、都内全域、神奈川や埼玉にまで範囲を広げ、電車で起点の駅まで行き、そこを振り出しに歩くようになった。私の散歩は、地図を見ないデタラメで、携帯はPHSを持っていたが、マップ機能を使わず、どこに出るのか、どう転んでいくのかわからないという、出たとこ勝負の「インプロヴィゼーション」方式だった。都内で迷ったところで「遭難」などせず、どのみちどこかしらの駅には辿りつける。それどころか、あえて迷うことが「醍醐味」なのだと、散歩を重ねるうちに悟ったのだった。

仕事の日も帰り道を散歩。午後七時に仕事が終わって、午後十一時に帰宅する。必ず帰るのは、家でひとり老犬が待っているからで、以前元気な頃は、仕事から帰宅した後、毎夜の犬の散歩に駅前の立呑屋へ寄っては、私が飲んでいる間、塩を抜いてもらった素焼きの焼き鳥を与えていた。店の主人も、私の名ではなく犬の名を覚えてくれるほどの常連だったのだが、老犬がヘルニアを患ってからは散歩に行かれなくなり、私も帰宅しても犬に餌をやる以外何もすることがないので（しばらく前からテレビを観る習慣もなくなっていた）、帰宅の途中、中華チェーン店かファミレスに引っかかるようになり、そこで夕食の格好をしたひとり晩酌をするようになっていたのだった。飲酒への依存から抜け出すためには、その時間もまるっと散歩に変える必要があった。

飲酒欲求をなんとか紛らせようとして歩きはじめたのだったが、それは身体に気を遣おうなどという、前向きな健康的な理由からではなく、度々起こしていたすんでのところのボヤ騒ぎをこれ以上繰り返すまいと思ったためだった。借家の近隣住人からも大家からも「要注意人物」と目をつけられハラハラさせていたその頃、「人畜無害」が私のモットーとなった。犬を残して逝けないからともあれ生きよう。私自身がどうしたいという意欲も、周囲への、社会への期待というものも何もなかった。十年以上、詩を書くことからも離れており、書こうという意欲もなかった。痕跡も残さず、ひっそりと消えることが私の願いだった。

　再び詩を書きはじめたのも自発的な理由からではない。

　ある晩、むかしの友人が十五年ぶりぐらいに連絡を取ってきた。かつて東京にいた頃、だめ連というグループを通して交流していた当時大学生だった彼は、いま福島市の精神病院の外来に通いながら小説を書いていると言った。そうして小説の出来を評価してほしいと言われた。文芸誌の賞に応募するものの採ってもらえないのだという。最初に私宛に送られてきたエンタメふう小説は、彼にとっては自信作のようであったが、私には何かのエピゴーネンに感じられた。彼は起死回生のように小説家になることを願っていた。

　私はその頃、ハンセン氏病患者の隔離収容施設国立療養所多磨全生園のそばに住んでいたこともあり、近所の図書館に設けられた郷土コーナーの棚には、ハンセン氏病関連の資料や作家の本が並べられていたので、北條民雄等らいの作家の作品を借りてよく読んでいた。そうした、社会から棄てられ、忘れさられて生きる境遇と格闘した小説家の作品群が、彼の境遇にとってもなにがしか参考になるのではないかと思い、教えた。彼は随分後まで読まなかったようであるが。

　そんなある日送られてきた『私たちだけの種族』と題された小説は、彼がいまいる境遇から題材がとられ、どこか見どころが感じられるものだった。だがそれもまた、文芸誌の賞に応募して落とされたものらしかった。けれども幾度か繰り返し読むとなかなか出来栄えが良く思われた。

私は、かつて創立に関わったあと離れてしまった早稲田にある「あかね」という交流スペースに、再び出入りするようになっていたのだが、そこに来る詩を書く人で、フランスの詩や哲学が好きな人に読ませたところ彼も良いといって褒めた。文芸誌が選ばないなら、その小説を発表する同人誌を自前で作ってしまえばよいのではないか。私は、ずっと前、「ミニコミ界の魔王」の異名をとるほど、やたらめったらミニコミを発行していたことがあり、そのノウハウがある。それを提案したところ彼も乗ってきた。

同人を集めることにした。早稲田あかねに集ってくる人。私が登録している介護人派遣事業所の利用者である障害者、同僚介護者でものを書く人。それから福島市の友人の周囲の精神病者仲間でものを書く人。そんな有象無象の人たちから原稿をもらいながら、当初私は編集者に徹するつもりでいたのだが、埋め草のために、昔とった杵柄とひとつ自分も書いてみようと思い立った。するとあるとき散歩の途中、とうとうと詩想が湧き上がってきた。すっかり忘れていた喜びに、そんなものがまだあるかと不意をつかれる思いがしたが。

原稿が集まり、ミニコミの名をつける段になったとき、ふと「甦 rebirth」と思いついた。同人たちは、それぞれに人生の苦味を味わってきた人ばかりで、人生で一敗地にまみれた、アンダードッグたちだった。そして福島という土地もまたそうだった。

私と福島市の友人は、むかし映画の趣味を共有していた時期があり、その頃観た映画にソ連の監督ヴィターリー・カネフスキーの『動くな、死ね、甦れ！』があった。

カネフスキーは、八年もの間投獄されていた経歴の持ち主だった。その作品は彼にとり、起死回生の作となったばかりでなく、見るもの全て苦境におかれている人へのエールのような映画にみえた。それからいただいて「甦《よみがえれ》」と名づけた。福島の復活も期し、「福島文芸復興」とサブタイトルをつけた。

こんな時を経ながら、徐々に私の鬱は寛解していった。散歩を通して、いつしか飲酒への欲求も消えていた。

仕事の帰り道四時間かけ、休みの日には最大一日十時間も歩くようになっていた。毎日毎日、『雨ニモマケズ』のように。体に負荷をかけると、そのことに気をとられ、いらぬことを思う余力が削がれると信じ、両肩に重い荷物を担ぎ、坂道や階段、歩道橋に出遭えば登る、そしていらぬことが心に浮かびそうになったらそれを振り払うように思い切り歌をうたう。両肩にかけたバッグの中身は英字新聞のスクラップブックの束で、それは現在、人類が置かれている危機的な状況について、誰かに説明する必要があればという時のために常に用意してあるもの。また手には、歌の歌詞を書いたノートを携え、道々それを覚えながら歩く。私は「洋楽好き」なのでおのずと英語の歌が多くなったが、またそれは英語の発音練習にもなることに気づいた。そうして歩きながらだともの覚えが良い。私は英語の歌を何十曲も覚えたが、もし修行僧の身であったら、長いお経を覚えたのではないだろうか。

散歩中、そんな具合に歩いていたところ、声がよく出て通るようになり、体幹が鍛えられた。おまけにダイエット効果によって、小太りでモッサリしていた体格がスリムになった。ある日、近所の犬の飼い主さんとすれ違ったところ声をかけられて、「あれっ、男前になったじゃない。別人かと思った」と言われる。そんなことはこれまで滅多にあったことではない。気づけば散歩の余録として、一石何鳥かの効果がもたらされたのだった。

二十代の頃、アメリカ先住民の呪術師の教えを書いたカルロス・カスタネダの本をよく読んでいた一時期があって(日本語訳を全巻買い揃えて友人たちにも勧めていた)、そこに出てくる「世界を止めよ」という教えを覚えていた。それはダラダラと垂れ流される内的な対話を止めて世界はこうだという自分にかけた暗示から自由になることを説いた教えなのだが、散歩している最中にそのような境地を度々体験した。

思いがすべて抜けてブランクが訪れる。その何も考えないという状態を切らさず、燭台の灯火を運ぶように歩くと言ったらいいか。それは歩行禅だと言う人がいたが、たしかに散歩するようになって、身体だけでなく私の精神にもさまざまな変容が起きていた。いつしか私は、変性意識状態に入っていた。十時間歩いても全く疲れず、全てがクレイアニメのように見えるようになったのである(例えば、本物の草花と造花の見分けがつかなくなった)。その変化に当初は、とても戸惑ったが。

ある晩歩いていると、ちょっとしたことを呼び水に、私の境涯のさまざまな場面が、めくるめくように迸ってあふれた。映画『マトリックス』に出てくる、走り抜ける記号の列車のような、光と影のひと連なりだったが、いわゆる走馬燈を見たようだった。私の境遇に訪れた数々の不幸、幸い、光と影は、ジェットコースターのような激しい起伏を通して、私がバランス、中庸を会得するために仕組まれたものだったのだ。ふと、そんな想念がきざした途端、その瞬間を宇宙が、神がいるならば神のはからいが、ずうっと前からあつらえて用意されていたのだという思いが包み、その、とても現実ばなれした、人間の身の丈を超えた感覚に震え上がった。ニーチェが体験し、ストア哲学が語っていた、まさかこれがあの永劫回帰なのか…。

その晩は一晩中、歯の根が震え、ガタガタと鳴りやまなかった。名実ともに「散歩の超人」になってしまった。

しばらく前から私は、いま人類が存亡の危機にあるという認識に達し、ブリューゲルの絵にも似た悪夢を見るほど取り憑かれていたのだが、周囲にそんな説を述べても、誰からもまともに取り合ってもらえなかった。「鎌倉時代にだって末法思想はあったんだから」などと諭されるのがオチで。そこで、そのことを伝えている新聞記事を証拠として使おうと思い、スクラップブックを持ち歩いていたのだった。

スクラップブックは、二〇〇七年から作りはじめたもので、キオスクで買い求めていた英字新聞の記事からこれはと思われるものを集めたものだった。その数はすでに七十冊以上に達していた。ある時ふと、英語の勉強の為にと購読しはじめた英字新聞『ジャパンタイムズ』だったが、日本のメディアが伝えない世界のニュースを知る面白味から重宝するようになった。さらにその中には、ある時から『ニューヨーク・タイムズ』が折り込まれて売られている。同紙は、CIAやペンタゴンの情報をよくリークするが、それらの機関と関わりが深いと言われ、紙面でイスラエルの諜報機関と連携関係にあると書いていたこともある。

そんなこともあり、私にはこの新聞購読が、新聞を読むという単純な営み以上の意味を持つようになった。世界の見かけの背後で隠然と行われている権謀術数、パワーゲームを、眼光紙背に徹して読み取る、洞察力を駆使したエクササイズのようなものとして。

それはともかく、こうした新聞が報道する気候変動の問題が私に終末に対する恐れを芽生えさせた。

新型コロナの感染が拡大していた時期には、それについて書かれた記事を持ち歩いていた。「ステイホーム」と言われて人が自宅に留まっていた時にも平然と表に散歩に出かけていたのは、疫学者たちが、屋外感染は起きていないと述べている記事を読んでいたからである。私は、パンデミックのはじめの頃に、新聞でその予測モデルのグラフを見ていたので、早くから感染の拡大と収束が、何波にも渡って繰り返し起き、数年間続くということを知っていた。

パンデミックは、地球上のある場所で対処をしても、対策が行き届かない場所に撤退し、そこをインキュベータ（培地）としながら変異を遂げて、また拡がっていくものだから。それを全く避けるためには、ずうっと他者に対してソーシャル・ディスタンシングを続けなければならない（新型以前のコロナへのワクチンは出来ていなかったため、当初ワクチンは作られないかもしれないと語られていた）。だがそれでは社会的な存在である我々の生活に支障をきたすだろう。

私はあかねという飲み屋の体裁をとった交流スペースのスタッフをしていたことも

あり、飲み屋が集団感染の温床と憎まれていた時には、自粛警察のような輩がいざ絡んできたら、黄門の印籠のようにそうしたファイルをかざしてやるつもりでいた。

私は、人類が存亡の縁にいることを知ってしまった以上、それを誰かに伝えたかったのだが、自分には影響力も人徳もないことを痛感するばかりだった。言っても言っても相手にしてもらえない。

ひとは聞かないのだなと観念した後。折角散歩をしているのだから、道すがらに通り掛かる祠を見捨ててただ通り過ぎてしまうだけではもったいない。一つ一つお参りし、それに向かって祈願しようと思いついた。

庚申塚、馬頭観音、お地蔵さま、お不動さま、エトセトラと手当たり次第、拾うように向かって手を合わせる。注意深く歩けば、そうした祠は、人々が見過ごしているだけで、意外と多いことに気づく。けれどもそもそも、私は神仏を拝むような人間ではない。人に向かっても全く埒があかないので、ほかを向くようにそちらを向いたのだった。

気候変動の問題を知れば知るほど、現在、人類が依存しているシステムを変えなければならないと思われる。だが易きにつきがちな近視眼の「功利主義者」に到底それは出来ないだろう。人々はそれを正視できず、気候変動が何かを分かろうとしない。それは人為的な原因で起きているのであり、すでにはじまっており、これからますます過酷になっていく甚大な打撃は、人類にとり、自分で自分の首を締めるようなものである。だが人間にはそれを自力で解決する能力がないのではないか。

人類が辿っている道は、カタストロフに向かっており、地球規模の飢饉、資源をめぐる争い、そして大量の難民が発生し、多くの死者が出ると警告されている。この先にそれが出来することはほぼ確実なのに、それを招くシステムへの依存から抜け出すことができない。それはまるで、身を滅ぼす悪癖に依存していたかつての私の姿だ。

早稲田のあかねというスペースのボランティア・スタッフに復帰したのは、そんな時だった。私が離れていた間も長年スタッフを続けていた友人、だめ連のぺぺ長谷川さんに助っ人を乞われたことが大きかった。

あかねでは宣伝用にTwitter（現「X」）のアカウントを設けており、そのフォロワーも千人近くいた。私は、パソコンも持たず、携帯もようやくPHSを持ちはじめたところで、SNSにも当初興味がなかったのだが、他のスタッフがTwitterを使う様子を眺めているうちに、せっかく多くの人の目に触れる機会を持ちながら、他愛ないイベントの告知にだけ使われているのがなんだかもったいない気がしてきた。そんな訳で、ある時から私は、そこをハイジャックするように「宣伝」と称し、それにかこつけたさまざまなメッセージを発信しはじめた。私が目論んだのは、人類存亡の危機を知らせるメッセージをバグのように紛れこませ、ひとの目にとまる場所に送ることだった。だが、周囲からは、パソコンもよく使えない情報弱者が、まるで「キチガイが刃物」をもてあそぶように、勝手なデタラメをはじめたと思われたようである。それが他のスタッフから顰蹙を買うことになったため、結局、自分自身のアカウントを作ることにした。

Twitterで自分のアカウントを作ると、私はまず世界の通信社のアカウントをフォローした。そうしてその記事を翻訳して自分のアカウントにリツイートするようになった。つまり、これまでしてきた英字新聞のスクラップブック作りと同じようなことをデジタル媒体で行うようになった。これまでと異なる点は、狭い部屋にはばかるわりにほぼデッドストックにしかならないスクラップブックとは違い、私がチョイスしたものを発信できるようになったということである。

そうしていま、「毎日、〝究極ニュース〟読んでますよ」、「投稿を読んで気候変動のことに関心を持つようになりました」と伝えてくれる人たちが現れるまでに私のフォロワーも増えた。ようするに私が中継して投げた矢を拾ってくれる他者が増えているのだ。わずかずつであるとは言え。だが「千里の道も一歩から」だ。

私が散歩するうちに見いだした「極意」に、「この道は通り抜けられないだろう」と見える路地にあえて入っていくというものがある。本当に抜けられなければ戻ればいい。散歩でハイになると(「散パーズ・ハイ」と呼んでいるが)、散歩しているただそれだけの状態が楽しく、脳内麻薬のせいか一向にくたびれてこないので、普通なら無駄足と損したように見えるものも、より多く歩けて儲けたという錯覚のような気になるのである。だがもし、万が一通り抜けられた時には、期待をかけていなければいないほど、まるで奇跡にでも見舞われたかのような大袈裟な喜びが込み上げて、アガるのである。それがやみつきのようになって、幾度でも袋小路に見える路地へと入っていく。

人類がまさに袋小路にいるのだ。楽観的な見通し…SDGs等で喧伝されているような…は誤魔化しにすぎず、とてもそこから抜けることはできないように見える。だがなんとかしてそこから抜け出そうとするとき、散歩が養ってくれる抜け道への嗅覚、見通しが暗い道を怯まず歩いていく「大胆不敵」が、その役に立つのではないか？

気候変動の解決には、その原因である温室効果ガスを減らすしかない。人間の取り組みとしては二酸化炭素などの排出を削減するという目標が掲げられている。だが、その排出量は年々増えており、それにともない危機は深刻化している。いま私たちが依存するシステムは、経済規模を拡大させることの上で解決を見いだしていこうとするものだが、たとえそれ自体ではCO_2を出さない再生可能ネエルギーの導入が飛躍的に進んだとしても、それにより経済規模が膨らめば、そのために一層化石燃料が求められる。化石燃料による発電量は、人間の立てた目標を裏切るように、減るどころか増えてしまっており、悪循環に陥ってしまっているのである。

そのような経済の拡大をやめるしかない。そうしていま経済成長が問題を解決してくれるという発想を止めよと説く「脱成長」という考え方が注目を集めている。

私にはそれが、資本主義がもたらす繁栄、安楽という幻想をどう乗り越えるかにかかっていると思える。

気候変動対策への取り組みとして、世界では、化石燃料を使う自動車から使わない自動車、さらには自転車利用の社会に変えるということが行われている。去年、旅行したオランダは、海面上昇による国土の水没への危機からこの問題への関心が高い国だが、移動交通手段としての自転車が大々的にフィーチャーされていた。

自転車での移動は、自家用車に慣れてしまった人には一見不便だ。だが、一旦それに慣れてしまえば、さほどでもないだろう（オランダにいるとそう思える）。自動車は、緊急で使わざるをえない人、公共交通網が発達していないような土地の、それ以外に選択肢のない人びとが利用する時のために取っておけばいい。

だが散歩してから私が気づいたのは、歩くことの利点だった。それは他の移動手段よりもこの世界をつぶさに眺めることを可能にさせ、見落としてしまいがちなものに気づかせる。袋小路から出る抜け道の存在にもまた。

現在、こうしたことは先祖帰りのような退行と信じられている。しかしながら、この文明の繁栄の行き着いた先が、いま私たちが直面している地球規模の危機であり、それをこのまま放置した場合、崩壊が起きて、文明はおろか「石器時代よりも暗い時代」に逢着すると言われている。

そして、それを解決する機会の窓はいま急速に閉ざされようとしている…。

昨年（二〇二三年）十月七日以来、私はXでガザからの投稿者をフォローし、彼らの投稿を読み、そこで起きていることを見るのを日課としているのだが、ある日こんな出来事に出くわした。

イスラエルによるパレスチナ人へのジェノサイドは、史上最もよく記録された大量殺戮と呼ばれ、即座の報告がもたらされ、撮られた写真や動画が拡散し、世界中の人の目に触れている。しかしながらこれまでのところ、そうした営為、人々の努力や願いも虚しく、まるでそれを嘲笑うがごときイスラエルの蛮行、非人間的な殺戮マシーンを止めることができていない。

ある日、いつものように、Xを開いて速報ニュースのサイトをチェックすると、マイクロソフト社製のWindowsで通信障害が起きているとのことだった。何が起きているのかを確認しようとタイムラインに当たったところ、それは全世界的な規模で起き、空港、医療、金融などのサービスが止まっているようだった。

何ものかによるハッキングかと思った私は、しばらくそのニュースを追ってタイムラインに上がってくるものを吟味していたのだが、同様なことを考える人たちがいた。その中にはそれを、イスラエルとその共犯者たる国際社会へのサボタージュ攻撃ではないかと考える投稿者がいた。その中の一人のガザからの投稿者が、こんな「呟き」を投稿していたのである。

「サボタージュ攻撃がはじまってから、イスラエル軍の攻撃が止まっていることを知っていますか?」

すぐ私は、それが攻撃ではなく、マイクロソフトが使っているセキュリティソフトのバグのせいで起きたシステム障害だと説明するニュースを見つけた。だがその原因が何であろうと、その間、本当にイスラエル軍の攻撃が止まっていたかもしれなかった。単なるバグのせいで、意図せざるものであったとしても、それがとにかく、人間の営為が全く止めることができないでいた殺戮マシーンを止めたのだとしたら、それは一つの快挙と呼ぶに値するものではないだろうか。

そこから私は、ヴァルター・ベンヤミンが『暴力批判論』で展開した論旨を思い出した。国家の、権力の暴力に停止を命じうる純粋な直接的暴力としてのゼネラル・ストライキ。それは手段としては非暴力であるのに、その効果が絶大であるため、国家により暴力だとみなされているものである。

ジェノサイドを見、それが国際法に違反することが明白なのに、虐殺者に共謀するものの「法治」が白々しい理念になりさがった現在、あくまでも物理的に到来し、命じるように暴走を「停止」させたソフトウェアのバグ。

もしかしたらそんなことは起きていなかったかもしれない。だが…。

気候危機の破滅へと向かう軌道にいるのにそれに固執する人間は、暴走するマシーンに駆り立てられているかのようだ。

どうしたらそれは止められるのか、どうしたらそこから抜け出せるのか?

そのことをずっと考えあぐねている私に、この一件は、なんだかヒントのようなものを垣間見せてくれたようにも思われたのだった。

＊　＊　＊

さて今回、この詩集に収めた詩は、六年前に「散歩三昧」をはじめてから書いたものである。同人誌『甦』に発表した後、コピー印刷、ホチキス綴じの手作り詩集に自ら纏めて発行していたものの書籍化となる。企画して下さった現代書館の編集者原島康晴さんの蛮勇に感謝したい。詩が読まれず、詩集が売れない、現在という「詩の冬の時代」にあっては一層のこと（この言葉は、一九七〇年代前半の学生時代に「現代詩ブーム」を体験し自らも詩を書いていたという、中野にあった坊主バーのマスター釈源光師がしみじみ言ったものである）。

そしてこれは、ほぼ全ての詩集を自分の手作りで作ってきた私にとり、ほとんど初めての書籍化となる。十代の頃、飯島詭理《いいじまきり》の名で『現代詩手帖』誌に投稿した詩が新人賞「詩手帖賞」をいただいた際、思潮社から詩集の出版が約束されていたものの、私が連絡を絶ってしまったので果たされなかったということがある。だが、今となってはそれで良かった。この詩集から垣間見ていただく、私が題材にした風変わりな世界は、現代詩の「マニエリスム美学」に居たままでは、決して辿りつくことができなかった境地というものではないだろうか。

そしてこの詩集は、私が詩を書き継ぐ動機が途中で失われていたら実現しないはずだったもので、励ますように機会を与えてくれた人々のおかげによる。とりわけ、二〇〇〇年代前半から途中ブランクはあるものの、二十年にわたる3K詩の朗読会を続けてきた仲間、カワグチタケシと小森岳史。二〇〇〇年代前半『詩学』誌の詩のワークショップ〝青の日〟の講評にと声をかけてくれた同誌最後の編集長、故・寺西幹仁さん。二〇〇〇年代の半ば、自身の出版企画1000番出版の企画として私の詩集を作って下さった詩人の重兼徹さん。それから同人誌『甦 rebirth 福島文芸復興』の同人、ジョニー渡辺と緑山アリ…。

また今回、帯文の依頼を引き受けて下さった鵜飼哲さん。テント芝居「野戦の月」の公演会場で会った時にたまたま持参していた私家版の詩集を差し上げた後、好意の籠ったご感想を寄せて下さり、大変ありがたかった。私の詩もそうあればいいというような、世界的なスケールで動き、考えている方だ。

私のすぐそばで見守ってくれる同行者、人形作家の井桁裕子。一緒になってから、私の頑固な不眠症をウソのように快癒させた彼女と出会ったのは、六年前、高円寺素人の乱12号店で行った私の散歩講演会に彼女が来てくれたからだった（つまり私たちの出会いも散歩の賜物というわけだ）。

また、作品を世に問う作家としてのアドバイスなどをくれ、詩集の話の拍車もかけてくれた。

そしてこれまで書き綴ってきたような悲観的な将来を迎え、人間離れした力が求められる時、中学生の時、透視能力があったらしい彼女は、その力を甦らせて、私には見ぬけない未来を見いだすかもしれない。そんなことをも思うのである。

「たとえ明日世界が終わっても私は林檎の木を植えよう」

そう、ルターの言葉を引いて彼女は言うのだった。

二〇二四年十一月

究極Q太郎

あとがきのあとがき

世界が梃子《てこ》でも動かせないなら歩こう

使えないではなく、役に立てられない側の落ち度というものがあります。世界は変えられない、ではなく、変えようとする側の落ち度というものがあります。

使えないものが、この、梃子でも動かせないカタストロフへひた走る世界が、せっかくボケてくれているのだから、こちらのツッコミの腕を鍛えてくれるかっこうの機会を与えてくれている、そう思えば良いのです。電車が止まった、と思うのではなく、散歩するかっこうの機会を与えてくれている、そう思えば良いのです。

暇のあまり散歩しているうちに、いつのまにか疲れ知らずの体になってしまいました。色々な人や風景に出会い、そのつど様々なことを教えられて、各種事情通になりました。散歩の道中にやっていて、指先で硬貨を転がすのが上手くなりました。落ちた硬貨を足でとめていたら、おのずと反射神経が鍛えられました。歩きながら鼻唄を歌っていたら、このあいだふと入ったカラオケスナックで歌った四曲中三曲（松田聖子の『白いパラソル』など）が96点取ってしまい、他の客たちがドン引きしてかえり、店に迷惑かけてしまうトホホな一幕もありましたが。

散歩していると小さなミラクル起きますよ。セロトニンが出て脳が若返ります。そしてアイディアが閃きます。繫がらなかったものがやすやすと繫がっていく。これを称して私は「散歩パワ〜」と呼んでいます。

楽しい手間隙、楽しい不便、楽しいライフスタイルシフト。地球温暖化のスレッシュホールド（境界点）まであと20年足らず（『宇宙戦艦ヤマト』のエンディング風に）。

（2018年、高円寺素人の乱12号店／自由芸術大学で行なった講演「世界が梃子でも動かせないなら〜歩こう」ビラより）

胡散臭い新興宗教　暇人倶楽部（詩）

ヤッホー！

このたび「胡散臭い新興宗教　暇人倶楽部」を立ち上げるはめになりました。
正直、あまり気乗りしないのですが、
ネットなどをざわつかせている「二〇一八年に日本人救世主が現れる」はず、という「『死海文書』の予言（流言）」を受けて、ついに名乗りをあげた（オカルト雑誌『ムー』に「僕は救世主です」との手紙を送った）

某N君

という人のために一肌脱ぐことにしました。
すぐ傍目から見ると「救世主」とか「教祖」というおよそ仰々しい言葉が似あわないすこぶる普通の、「控えめな」お方（世間では「知的障碍者」などとも呼ばれている）なので、けれどもともかく、なんだかよくわからないけれどもたぶん、きっと、その筋のひとが見れば一目瞭然の「えらい」お方なのだろう、そしてきっと東に西にと『雨ニモマケズ』のように奔走していると思いきや
意表をついて大層「暇！」なお方なので、仮に「えらい暇人」とよばせていただきます。

そしてわたくし。ほかになんもやることとないため、介護の仕事後や休日、暇にあかせて毎日散歩しまくっている「散歩の超人」究極Q太郎です。

イェーイ！

毎晩お月様とデートしてますよ。たまには人間の恋人ともデートしてみたいなあ、などとふとぼやくように思って、お月様に申し訳ないような気持ち、キャバクラに誘惑される妻子もちのオッサンが抱くような後ろめたさを覚える、今日この頃です。

そんな次第でとても暇！なので「とても暇人」を名乗らせていただきます。

いつか私も「えらく」なってみせたい、とりあえず今のところは単なるとても暇なオッサン（水木しげる似）。ところで「とても」という語を地方によっては「えらい」ということがあります。私の育った埼玉県北部がそうでした。「とても」も所によっては「えらい」になるのだ、と自分に都合よく言い聞かせたりなんかしちゃったりして。

さて、暇人倶楽部の名前の由来を述べましょう。

かれこれ十五年ほど昔のこと。

「白土四平と影一族」をたった一人なのに名乗っている知り合いがいたのですが、彼が刊行した薄っぺらい同人誌、じつはそのタイトルが「暇人倶楽部」。コミケでその売り子を、もう一人のひとと手伝ったことがあります。

中身は、ほとんどありません。というわけで買い手もいなかっただろう、いったい何のためにその出店をしていたのか、そのお手伝いをしていた私ともう一人とは何と「ひとがよい」連中だったことでしょうか。

それはさておき、覚えているのが、そこに掲載されていた以下の文言。

「ねえ、
そこの君。
忙しそうなふりをしているけれども
本当は暇なんでしょ？

暇人倶楽部に入りたまえ」。

散歩しながら、つくづく、俺も暇だあ。と、そしてあの文言を思い出し、暇人倶楽部、暇人倶楽部、すでに両足突っ込んでいるよ。散歩中暇にあかせて、いろんな活動やっています。鼻歌を歌う、はまだよい。上の文言を芝居の台詞調にして、自分に稽古をつけています。これ、夜歩きながら、そこそこ声を出してやっている通行人とは、我ながら、ぶーきーみー、ですが…。

ではここで、散歩中やっている、暇にあかせた活動の一端を御覧頂きましょう。

今年の猛暑の中も歩いたりと、体によくないことしていたのですが、それでも自己保存本能が、水分は摂れ、と命じてくれたおかげで、散々ペットボトルのお世話になりました。ペットボトルの蓋のところを手に摘んで歩くと、歩く拍子にあわせて、それがタクトのように揺れる。それで、指揮をとったりとか。

また、上に放り投げて、落ちてきたところを先端の栓のところで見事キャッチするという、ジャグリングの練習。

あるいは、蓋を開けるのにも一方的なやりかたに飽きて、蓋をひねるのではなく、本体のほうをひねってあける。それで頓知のような「テツガク」ひねりだしました。現実とは、ふたつの道である。つまりは「安易」と「敢えて」。蓋をひねる、は安易であり、用意されていることに従うことであり、本体をひねる、は敢えてであり、用意している側、つまりはよりもっともらしい「現実」を作り上げている側にとって意表をつく不意打ちとなる、と。なんのこっちゃあ。

それはともかく、わたくしよく頬杖をつくのですが、ペットボトルの底に顎を乗せると、あら不思議、頬杖の肘の代用にもってこい。ってそんな通行人もぶーきーみー…。

あと、指くるくるの手遊びなぞ。
やりすぎて腱鞘炎になりかけました。

それで、いちおう、胡散臭いながらも、楽しい新興宗教ということで、暇にあかせて、教義めいたものなども編み出したりしました。「えらい暇人」のお方には、差し出がましい先走り、申し訳なくあいすまなく思います。以下。

一、もてあました暇、楽しもう。
一、楽しい手間隙。楽しい不便。
一、貼られたレッテルをはがそう。

今のところ、こんなものでしょうか。
誰か、よいアイディアを思いついた方がいたら、私に申し出てください。

（2018年に作ってまいたビラより）

究極Q太郎年譜

1967年　東京都町田市に生まれる。物心つく前に埼玉県加須市に転居。

1982年　中学生の頃、学習雑誌の詩の投稿欄に投稿をはじめる。選者は宗左近、山本太郎、吉増剛造等だった。

1986年　大学受験のため浪人。その間に投稿していた『現代詩手帖』の投稿欄の年間最優秀に選ばれ、飯島詭理《いいじまきり》名義で第二四回現代詩手帖賞を受賞（選考委員は長谷川龍生と井坂洋子）。

1987年　明治大学文学部フランス文学科入学（四単位取得後中退）。家出して丸川哲史（小倉虫太郎）のアパートに転がり込む。その後、新宿区戸山のI荘に入居。家賃1万8千円、四畳半の間取りのアパート（風呂なし、共同トイレ、共同炊事場）で大学の同級生、中国人留学生、外国人労働者と野宿者の支援をする仲間らと同居人を変えながら、五年に及ぶ今でいうところの〈ルームシェア〉生活を送る。

　大学で入った社会運動系サークルのノルマであった脳性麻痺者介助をボランティアとしてはじめる。介助に入った世田谷の障害者たちから、「青い芝の会」の思想など障害者運動のことを聞かされる。初めて介助をしたこの時の模様は、『現代思想　特集＝アナキズム』（２００４年５月号）の寄稿「何故か、そこに。」に記述されている。

1988年

後に「一人でも加入できる労組」連帯労組の委員長となる大学の友人、相蘇道彦に紹介され、北区赤羽で自立生活をはじめたばかりの、沖縄県宜野湾市出身の脳性麻痺者、古波蔵武美の専従介助者として働きはじめる（沖縄に帰るまで20年自立生活をした古波蔵の赤羽の家は六畳のワンルームだった）。古波蔵が立ち上げた障害者と健常者の親睦グループ、「グループもぐら」の活動に参加。機関誌『グループもぐら』通信の編集に加わる。障害者介護の仕事は後に別の地域に移り、途中数年のブランクがあったものの、現在まで30年以上にわたり続く。

フェリックス・ガタリ『分子革命——欲望社会のミクロ分析』の翻訳が刊行されると、丸川、矢部史郎、山の手緑らとともにドゥルーズ＝ガタリ等、フランス現代思想の読書会を行う。明治大学にイタリア・アウトノミア運動の紹介者粉川哲夫等を招き自主講座を開催。アウトノミアの影響を受けた自由ラジオ「ラジオ・ホームラン」を下北沢で実践していた粉川のその講座では、ラジオ発信機トランスミッター作りも行われた。この現代思想及びそれに随伴する政治運動への関心が、『Anarchist Independent Review』に寄稿し、改稿したものを『現代思想　特集＝ストリートカルチャー』（1997年5月号、青土社）に発表したドゥルーズ＝ガタリ『千のプラトー』論「群れになるべし」につながる。

1991年

山谷で寄せ場労働者の支援をしてきた〝銀次〟が立ち上げた「3A（スリーA）の会」に加わる。同グループは主に、欧米の現代の直接行動的なアナキズム資料を読み、翻訳する集まりだった。その機関誌『Actual Action』に参加。

同時に、足立区で脳性麻痺者として普通学級への就学を求めて闘ってきた金井康治、その介助者、金井闘争に参加していた障害者、障害児を持つ親らとともに「足立障害者の自立と介護保障をかちとる会」を立ち上げ、足立区障害福祉課との行政交渉に取り組む。機関誌『タビットソン』（金井康治命名）の編集に参加。かちとる会の代表藤田孝之は後に障害者プロレス・ドッグレックスのレスラー〈ゴッドファーザー〉となり、脳性麻痺者の妻との間の息子が長じてみちのくプロレスのレスラー藤田Jr．ハヤトとなる。もともとプロレス好きの究極が、障害者プロレスに興味を持ち、団体代表北島克徳へのインタビューをするため練習日に訪ねた際、家族を連れて見学同行した藤田がその場で入門を表明。北島の著書『無敵のハンディキャップ――障害者が『プロレスラー』になった日』（1997年、文藝春秋）の中に藤田一家を紹介する章『荒波を渡る船』があり、冒頭にその時のことがちらっと書かれている。

1992年

板橋区上板橋の平和公園で行われていた区民の祭りを、都内に在住する外国人労働者の屋台をメインにフィーチャーするお祭りに変えて行われた「アジア・アフリカ・ラテンアメリカ屋台」の運営に参加。この祭りでは、だめ連の神長恒一、ぺぺ長谷川らの「わくわくバンド」のパフォーマンスが繰り広げられた他、ミュージシャン篠田昌巳による演奏などが行われた。この直後の12月、篠田は急逝する。祭りを企画した岡本晴久は、テント芝居〈風の旅団〉の裏方などもしており、その人脈などから多くのパフォーマーを招いていた。

『Actual Action』2号がドイツのアナキスト活動家集団アウトノーメを特集。当地の活動家へのインタビュー記事をはじめ、その活動を詳細に紹介した特集は大きな反響を呼ぶ。その直後、ベルリンで開催されるアウトノーメのメーデーデモに参加するため銀次らと渡欧。ベルリンの他、アムステルダムにも渡りスクウォッターらと交流。この時見学したスクウォットハウスの様子を参考に、1998年早稲田にオープンした「激烈交流スペース〈あかね〉」につながるインフォカフェの構想を抱く。

1993年

I荘を出、丸川哲史と北区西ヶ原のマンションで同居生活をはじめる。丸川が日本語教師の職をえてミクロネシア連邦ヤップ島に赴いた後、「秋の嵐」の界隈にいたDADAが後釜に入居する。二人ユニット〈怠け共産党脱力派〉を結成。イタリア・アウトミア運動の労働の拒否戦略とロックのローファイ・ブーム（ゴッド・イズ・マイ・コーパイロットなどがやっていた音楽がそう呼ばれた）の影響を受けていた。機関誌『退廃思想展覧会』を発行、またDADAと組んだノイズ・バンド、〈分福茶釜〜ズ〉で1995年、新宿シアターPooで行われただめ連主催のイベント「変態交流ライブショー」に出演。

1994年

3Aの会を離れたメンバーが主となる若いアナキストの活動を紹介する機関誌『Anarchist independent Review』が中島雅一を中心に創刊され、参加（〜2001年）。同紙には英語で日本の活動を発信する欄があり、連絡先の私書箱には日本のみならず世界中の活動家から手紙が届く。

1995年

同世代が起こしたオウム真理教事件に衝撃を受け、目的意識を持った小集団が陥った理念的暴走について、やはり同様な事件を起こしたあと、当事者メンバーがよく語っている連合赤軍事件の手記を読み周囲にも勧める。この頃、新宿、渋谷での野宿者への締め出しに反対する「渋谷・原宿いのちと権利を守る会」の活動に参加。この活動での体験をもとにした詩「うろうろしようや」を『現代思想　特集＝安全とは何か』（1999年10月号）に発表。その他、だめ連界隈の各種活動（機関誌『にんげんかいほう』への寄稿、平日昼間の野球部ほか）に精力的に参加。

この頃、古波蔵が、新田勲（府中療育センター闘争の中心人物で1990年代には全国公的介護保障要求者組合をつくり、委員長を務めていた）と介護者の共同化をしたため、新田の専従介護者にもなる。組合は、介護保障制度について、厚生省や都福祉局と交渉しており、足立区の活動と合わせて、さまざまなレベルの行政交渉に参加する機会を得る。そのことが、介護保障制度の詳細を知ることに役立ち、後に編集に関わった『現代思想　特集＝身体障害者』の紙面作りに反映される。

1996年

ヤップ島から帰国した丸川とミニコミ『新しい天使』を発刊。第二号「特集＝異例の運動」（周囲の人々がしていたさまざまな小集団の活動を、イタリアの哲学者アントニオ・ネグリが定義した「異例性（アノマリー）」の概念を借りて呼んだ）が評判となる。この号を青土社の『現代思想』編集部に送ったところ、編集長の池上善彦から、同じような特集を同誌でしてほしいと要請を受けたのをきっかけに、丸川や酒井隆史らが中心となり『特集＝ストリートカルチャー』が企画されることに。編集会議に参加。

『現代思想　特集＝ろう文化』（1996年4月臨時増刊号）に感銘を受け、脳性麻痺者中心の身体障害者運動を「文化」として紹介する特集を構想する。これが『現代思想　特集＝身体障害者』（1998年2月号）として実現される。同号では「介助者とは何か？」を寄稿した他、インタビュー対象の人選をし、聞き手を務めた。この号は、障害者運動に関心を持つ障害者や介護者たちから広く読まれ、ペンネームを名乗ることなく本名で働いている介護現場で、何かのきっかけで究極Q太郎と知られて驚かれるということが度々起きた。

参加していた共同保育〈沈没家族〉の主宰者加納穂子とともに、彼女の息子、2歳になる直前の加納土(現在、映画監督、役者)を連れベルリンのスクウォットハウスを再訪。1992年のベルリン行とこの旅をもとに『舞台芸術』01号(特集=グローバリゼーション、月曜社、2002年)に『アウトノーメたち』を寄稿。

1997年

ミニコミ『詩アレルギー詩集』発行。

1998年

さまざまなフリースペース等の渡り鳥となっていただめ連の溜まり場をつくるという名目で、早稲田に〈あかね〉をオープン。体調を壊した先代店長より店をまかされるという形であり、あかねという屋号もそのまま引き継いだ。そのためだめ連色を控えてはじめたものの、マスコミ等に紹介されてからは、全国各地からだめ連を目当てにやって来る人で賑わうようになる(代々木公園で野宿をしていた若者が、コンビニで立ち読みした雑誌にだめ連とあかねが紹介されているのを読んで、その足であかねまで歩いてきて、その日から即スタッフになるということもあった)。あかねの運営に専念するため、しばらく介助の仕事を離れる。

1990年代後半〜2000年代半ばまで、ホチキス留めの手作り詩集を精力的に刊行。詩人で『詩学』の編集者でもあったシゲカネトオルが立ち上げた1000番出版より、それまでの作品群の中から自ら選んで纏めた『究極Q太郎詩集』が出版される。

2000年

詩人カワグチタケシに誘われ、小森岳史と頭文字がKではじまる3人による詩の朗読会、「3K朗読会」がスタート。京都でも当地の詩人たちと行うなどその都度開催場所を変えながら、現在まで17回行われている。同じ頃、西荻窪のブックカフェ「ハートランド」の店主斉木博司が発行人、小森、カワグチらが編集人のポエトリーリーディングのカレンダーを載せたフリーペーパー『POETRY CALENDER TOKYO』にコラム「夕方五時は」を連載。

2001年

『現代詩手帖』（7月号、特集＝68年　詩と革命）に「芸術における徒党よ、万歳！」を寄稿。

9月11日の同時多発テロの後、アメリカによるアフガニスタン侵攻が開始され、引き続くイラク戦争の最中は、反戦デモ等に積極的に参加。こうした問題意識のもとに、緊急論考「詩の危機」を『詩学』（２００１年1月号）に寄稿。

批評家花田清輝への関心から、その著作でよく言及されていた〈全学連初代委員長〉武井昭夫が主催するＨＯＷＳ文学ゼミナールに、先に参加していた詩人安里ミゲルに誘われて参加するようになる。「検証＝戦後の文学・芸術運動」のテーマのもと、報告「事件詩論争と湾岸戦争詩をめぐって」を発表。その報告を大幅に改稿した「現代詩の方法について——事件詩論争から」を『社会評論』（２００１年夏号）に発表。

2002年

詩学の編集長寺西幹仁から声をかけられ、詩学社のワークショップ「青の日」の講評となる。ワークショップは、毎月一回文京シビックセンターの会議室で行われ、その最終回まで三年間務める。

2003年

4年ぶりに介護の仕事に復帰。その間、国の介護保障制度改革がはじまっていた。介護の仕事に復帰して覚えた〈断絶〉について、『子午線　原理・形態・批評』（書肆子午線）のインタビューでは、「運動の帯同者としての「介助」色が薄まり、労働としての「介護」という色合いが濃くなった」と語っている。脳性麻痺者をはじめとする身体障害者への介助が中心だった仕事は、知的障害者や視覚障害、難病といった多様な障害者の介護にかかわる。

2004年

イラク戦争開戦一周年にニューヨークに渡航した際には、偶然10万人の大規模な反戦デモに遭遇する。その旅ではハーレムのバー「シュガー・シャック」の朗読会のオープンマイクに参加。

2000年代前半、だめ連、あかね界隈で詩や小説を書く人を同人にした同人誌を発行し、詩を発表。廃人餓号、緑山アリ、中尾君夫らと『ぺえぺえ教団』。中尾は、安彦耕平の「〝癒し〟として自己表現展」に漫画作品で参加していた。南東尚治、山根早苗らと『ダモ』。後者の名は、ドイツのプログレバンドCANの日本人ボーカルで漫画『丸出だめ夫』から名をとったダモ鈴木から拝借したもの。

2006年

『社会評論』に「それが労働と呼ばれないのはなぜか？」（松本圭二詩集『アストロノート』の書評）寄稿。

早稲田あかねスタッフを辞し、介護の仕事、家庭生活に専念するため、東村山市秋津に転居。

2016年

『子午線』同人（春日洋一郎、綿野恵太、石川義正、長濱一眞）らによるインタビューに応じる。

2018年

ミニコミ『甦 rebirth 福島文芸復興』創刊。ロングインタビュー「政治性と主観性／

運動することと詩を書くこと」が『子午線』（Vol. 6）に掲載される。

早稲田あかねのスタッフに復帰。再び辞めるまでの約三年間、火曜日を担当。木曜日のぺぺ長谷川の当番日をサポート。

私家版詩集『蜻蛉（あきづ）の散歩〜散歩依存症』を発行。

早稲田あかねスタッフ、スーサイド侍ワンが主催し渋谷La. mamaで行われた『Japan Nepal World Friends Festival 日本ネパール友好イベント』の手伝い及び出演。このイベントには、アニソン歌手ハーリー木村も出演した。イベントのために貸した金を主催者が返さないため、事実上このイベントのスポンサーとなる。

高円寺素人の乱12号店／自由芸術大学で講演「世界が梃子でも動かせないなら〜歩こう」を行う。観客は7人。

2023年

詩・論考集『にしこく挽歌』を発行。

『ユリイカ　特集＝小田久郎と現代詩の時代』（8月号／青土社）に「詩は無力か?」を寄稿。

2024年

私家版詩集『道へのオード／ガザの上にも月はのぼる』を発行。

現在『アナキズム』紙に、海外ニュースを連載中。

究極《きゅうきょく》Q太郎《たろう》詩集《ししゅう》 散歩《さんぽ》依存症《いぞんしょう》

二〇二四年一二月二二日 第一版第一刷発行

著者……究極Q太郎
発行者……菊地泰博
発行所……株式会社現代書館
〒102-0072
東京都千代田区飯田橋3-2-5
電話 03-3221-1321
FAX 03-3262-5906
振替 00120-3-83725
http://www.gendaishokan.co.jp/

印刷所……平河工業社（本文）
東光印刷所（カバー・表紙・帯）
製本所……積信堂
ブックデザイン……宗利淳一
校正協力……塩田敦士

 ISBN978-4-7684-5970-6
定価はカバーに表示してあります。乱丁・落丁本はお取り替えいたします。

活字で利用できない方のための
テキストデータ請求券
『究極Q太郎詩集散歩依存症』